Au temps où les fées

dansaient

Du même auteur :

La Pierre d'Azur

Au temps où les fées dansaient, Volume 1

Les Chroniques de Khalitekla

Le petit renne de Jalan

La Malédiction d'Ariane

Rose P. Katell

Au temps où les fées dansaient

dansaient

Volume 2

Couverture et illustrations par Ella

Au temps où les fées dansaient, Volume 2
© Rose P. Katell – auteur-éditeur

ISBN : 978-2-9602036-0-8

À ceux et celles qui aiment croire et mettent de la magie dans leur vie.

La poupée de glace

Il était une fois un magicien solitaire qui voyageait de royaume en royaume. Il avait pour but de découvrir toutes les merveilles que contenait le monde. Il se faisait vieux et pressentait que son heure approchait. Comme le voulait la coutume de sa contrée, il devait céder sa magie. Hélas, il n'avait pas encore rencontré la personne douce et bienveillante à qui il aurait souhaité transmettre son don. Chaque jour, il craignait un peu plus de mourir sans accomplir cette tâche si importante aux yeux de son peuple.

Un soir d'hiver, il arriva dans un petit village désert, qui avait l'air d'avoir été abandonné du jour au lendemain. Hormis le froid, rien autour de lui n'expliquait un tel départ. Le hameau se situait assez loin dans la montagne et l'homme savait que dans nombre de régions, les habitants quittaient leur maison lorsque la saison blanche était trop rude afin d'aller vivre au pied des monts enneigés, là où ils étaient certains de pouvoir se procurer à manger.

Sûr d'être seul, le magicien se permit de flâner. Il observa ce qui l'environnait et déambula dans les ruelles ; son regard se promenait de gauche à droite, avide de détails. Il parvint ainsi au bord d'un jardin qui le figea de surprise.

Il ne s'agissait pas d'un jardin ordinaire : il était empli de personnages de glace ! Sans doute était-ce le domicile d'un sculpteur. Les statues qui s'offraient à sa vue étaient plus belles les unes que les autres. Poussé par la curiosité et l'émerveillement, le vieillard pénétra dans le lieu, désireux de les admirer de plus près. Elles étaient parfaites, très précises ! C'était indubitablement le travail d'un artisan de talent.

Vagabondant parmi elles, il repéra un kiosque peint en bleu, où il devina la présence d'une énième statue, et s'y rendit. Ses sens ne le trompaient pas. Une sculpture s'y trouvait en effet. Elle était encore plus ravissante que ses semblables ! Son « père » lui avait donné des traits dignes d'une reine ; sa chevelure était bouclée à l'instar d'une poupée et sa robe possédait l'éclat de milliers de diamants. Tout en elle avait été ciselé avec un soin minutieux. Face à tant de beauté, le magicien ne réussit pas à contenir son émotion. Une larme ruissela le long de sa joue. Il n'avait auparavant rien contemplé de tel…

Alors il commit un acte insensé, qui ne lui était pas permis : il choisit de léguer son don à la création enchanteresse. Il ne dénicherait nul être plus pur qu'elle, il le sentait au fond de son être. Il plaça une main sur son cœur, puis en arracha son pouvoir. Une boule lumineuse étincela au creux de sa paume. Souriant, il vint la poser sur la poitrine de son élue.

Heureux et soulagé, il reprit ensuite son chemin. L'époque de la magie était peut-être révolue pour lui, mais il lui restait encore plusieurs jours avant de s'éteindre. Il comptait bien en profiter.

*

Elle ouvrit les yeux…

Elle ignorait où elle était. Pire, elle ignorait *qui* elle était. Elle n'avait pas le moindre souvenir.

Perdue, elle effectua un pas, puis un second. Elle avait l'impression que c'était la première fois qu'elle avançait, qu'elle venait de naître. Elle scruta les alentours et n'aperçut d'abord que de la poudre immaculée. Elle se pencha et la toucha ; elle était très froide, aussi froide qu'elle.

De la neige, lui susurra une petite voix intérieure.

Et elle ? Était-elle également constituée de

neige ? Lorsqu'elle détailla ses mains, elle ne les jugea pas blanches, mais plutôt bleutées.

« Qui suis-je ? », se demanda-t-elle.

Intriguée, elle poursuivit sa marche. Il était impératif qu'elle découvre ce qu'elle faisait là. Elle remarqua soudain la présence de personnes analogues à elle. « Je ne suis pas seule ! » Elle rejoignit un premier homme, puis ouvrit la bouche :

— Bonjour.

Il demeura de marbre.

— Bonjour, répéta-t-elle avec plus d'assurance et de fermeté.

Toujours aucune réaction. Si elle s'en étonna, elle refusa de se laisser décourager. Elle déambula parmi ses pairs et les interpella à tour de rôle. « Bonjour », ne cessa-t-elle de seriner. Néanmoins, aucun ne lui répondit, pas même après qu'elle eut hélé ce beau monde à une dizaine de reprises.

— Vous m'entendez ? S'il vous plaît !

Un changement se produisait en elle, elle le percevait. Au fur et à mesure que ses espoirs s'effondraient, elle se jugeait différente, comme si elle n'était plus loin d'exploser. Elle ne comprenait pas ce qui lui arrivait, cependant elle était gagnée par une certitude. Il fallait que ça sorte. Vite.

Elle cria :

— Pour quelles raisons me dédaignez-vous !?

Qu'ai-je commis afin de mériter un traitement pareil ?

Son ton la désempara. Pourquoi avait-elle besoin de s'exprimer si fort ? Quel était le sentiment qui la tenaillait à la simple pensée que l'on continue à la mépriser ?

De la colère, lui apprit la petite voix qui lui avait parlé plus tôt.

— De la… colère, murmura-t-elle, surprise.

Elle n'avait pas le souvenir d'en avoir déjà éprouvé un jour. Était-ce normal ?

En regardant à nouveau son environnement, elle en vint à se dire qu'elle devait s'en aller. Elle ne pouvait pas évoluer dans un lieu qu'elle ne connaissait pas, encerclée d'individus qui refusaient de lui adresser la parole ; elle ne le voulait pas. Il lui fallait avancer. C'était le seul moyen d'espérer obtenir des réponses à ses questions. Peut-être découvrirait-elle plus loin des êtres capables de lui révéler qui elle était et où elle se situait ? Ou peut-être se le rappellerait-elle quand elle explorerait des horizons différents ? Oui, partir était la meilleure décision à prendre.

Elle tâcha d'oublier sa colère envers les habitants de l'endroit, puis marcha droit devant elle avec détermination. Elle repéra rapidement un chemin qui serpentait le long des massifs et s'y engagea. Malgré le vent glacial, elle ne ralentit pas. Elle soupçonnait que plus elle s'éloignerait, plus sa colère s'amenuiserait et plus elle irait mieux.

Son intuition ne la trompait pas. Au bout d'un moment, son envie folle de s'époumoner s'évanouit. Elle se mit à ressentir tout autre chose, qu'elle ne réussit pas à définir. Dans sa tête, les interrogations fusaient : pourquoi s'était-on abstenu de lui parler ? Pourquoi l'avait-on ignorée si cruellement ? Elle n'était pas différente de ces gens ! Pour quelle raison avait-on choisi de la mépriser ?

Soudain, elle se figea. Une substance étrange coulait sur son visage !

Aussi intriguée qu'inquiète, elle porta une main à sa joue. Elle la trouva humide ; une goutte d'eau y avait tracé son sillage. De quelle façon !? Elle suivit la marque fraîche du bout des doigts et hoqueta lorsqu'elle constata que le liquide provenait de ses globes oculaires.

Des larmes, résonna la petite voix.

« Je pleure. »

Il ne lui restait plus qu'à en deviner la cause. Quel était le mystérieux changement survenu en elle suite à sa descente dans la montagne ? Il ne s'agissait plus de la colère, elle le supputait.

Immobile, elle réfléchit. Comment se sentait-elle ? « Abandonnée » fut sa première constatation. Elle était seule et abandonnée depuis qu'elle marchait. Non, depuis qu'elle avait ouvert les yeux. « Rejetée », songea-t-elle en second lieu. Elle avait été rejetée par les siens. Oui, elle s'approchait de son ressenti! Elle était...

Triste, lui expliqua la petite voix.

« Que la tristesse est horrible ! »

Elle l'estimait plus gênante que la colère. Elle avait perçu au fond d'elle que celle-ci s'amoindrirait alors que désormais, elle avait la désagréable sensation que son état ne s'améliorerait pas. Mais la situation allait s'arranger... non ? Le doute la rendit encore plus morose et, sans qu'elle ait le loisir de comprendre, ses larmes redoublèrent d'intensité.

Elle se laissa tomber à genoux. Pourquoi éprouvait-elle cela ? Pourquoi vivait-elle ? Qu'allait-elle devenir ? Et pourquoi n'y avait-il personne pour répondre à ses questions, la réconforter et lui assurer que tout se passerait bien ? Pourquoi !?

Concentrée sur ses émotions, il lui fallut un temps avant de se relever. Son mal-être l'habitait toujours. Pourtant, pleurer lui avait procuré du soulagement.

« Mieux vaut que je poursuive ma route, je ne peux pas m'éterniser ici. »

Elle reprit sa progression le long du chemin. Bientôt, ses efforts furent récompensés : elle distingua de la lumière au loin. Elle n'était plus seule ! Pressée, elle marcha avec précipitation.

Un village se dessina à l'horizon. Le vent lui amena le bruit des conversations et l'espoir la gagna. Peut-être que là-bas, on la considérerait. Elle courut ; ses mésaventures lui semblaient déjà être un lointain souvenir.

Enfin, elle parvint à l'entrée du hameau. Un petit garçon se tenait non loin d'elle et jouait dans la neige. Elle s'en approcha.

— Bonjour, le héla-t-elle.

Il releva le menton. Il ne l'ignorait pas ! Elle s'apprêta à lui sourire lorsque son expression changea. L'enfant se redressa, hurla, puis détala.

— Attends ! le pria-t-elle en pressant le pas afin de le rattraper.

Elle ne s'expliquait pas sa réaction. Pourquoi avait-il fui ? Elle s'était contentée de le saluer !

À force de courir après lui, elle gagna la place. À peine y eut-elle mis les pieds que chaque bruit cessa. Chacun se retourna et la dévisagea. Elle s'en étonna. Pour quelle raison les badauds agissaient-ils ainsi ? Qu'avait-elle commis comme erreur ?

— Sorcellerie ! vociféra quelqu'un.

« De quoi parle-t-il ? »

Elle n'eut pas l'opportunité d'y méditer, d'autres âmes scandèrent le mot en chœur. Une femme ajouta même qu'il fallait l'expulser. Elle n'eut pas le loisir de chercher de quel crime elle était accusée. Elle fut prise en chasse !

Par instinct, elle s'enfuit. Elle ne savait pas

pourquoi on lui en voulait, mais elle pressentait qu'il y avait du danger. Les intentions des résidents étaient hostiles, elle le devinait sans peine. Elle appréhendait ce qu'ils lui feraient...

« Je dois me cacher. »

Son cœur battait à une vitesse folle et une sensation désagréable lui comprimait la gorge et le ventre.

La peur, lui souffla sa petite voix intérieure.

Elle accéléra derechef. La peur lui donnait des ailes.

Elle réussit à s'éloigner des habitations. Il ne lui restait qu'à dénicher un endroit où elle serait en mesure de se dissimuler. Elle aperçut un gros rocher et courut en sa direction, puis se recroquevilla derrière lui. Cinq ou six minutes plus tard, elle osa jeter un coup d'œil en arrière. Ses poursuivants avaient renoncé à la persécuter hors des limites de leur lieu de vie. Elle était sauve...

Elle soupira et glissa au sol. Lorsqu'elle réalisa qu'elle ne craignait plus rien, elle s'effondra en larmes. Elle avait été si terrifiée ! Elle avait été convaincue que les résidents arriveraient à la malmener.

« Pourquoi ont-ils réagi ainsi ? », se demanda-t-elle.

Incapable de le saisir, elle laissa sa tête reposer entre ses mains, anéantie.

Lorsque ses pleurs se tarirent, elle nota un

détail auquel elle n'avait pas encore prêté attention tant il lui paraissait sans importance : elle ne ressemblait pas aux habitants du village. Leur peau n'était pas identique à la sienne, bleutée et brillante, mais plutôt beige. L'avaient-ils repoussée pour cela ? Parce qu'elle était à part ? Insensé ! Pourtant, il n'existait pas d'autres raisons, ils la rencontraient pour la première fois...

Ses introspections finirent par lui déclencher un mal de crâne. Cependant, elle n'aspirait pas à les interrompre. Arrêter de chercher signifiait accepter l'idée d'avoir été rejetée à cause de sa différence, et elle se refusait à le croire. Y penser lui donnait la nausée, lui inspirait un profond...

Dégoût, intervint à nouveau la petite voix.

Exactement ! Songer que ces gens pouvaient lui causer du tort sans la connaître la dégoûtait. Ils la dégoûtaient ! Trop écœurée par leur comportement, elle n'eut pas à cœur de réessayer une approche.

« J'aime mieux m'isoler », se persuada-t-elle avec amertume.

Sûre d'elle et de son choix, elle poursuivit sa route. Peu importait où elle se rendait du moment qu'elle s'éloignait du hameau et de ses maudits occupants.

Pendant des jours et des jours, elle évolua seule et évita ce qui s'apparentait de près ou de loin à une maison. Elle marcha tellement qu'elle perdit la notion du temps. Un unique objectif comptait désormais : repérer un coin calme et vide afin de s'y installer, à l'abri de tout. La solitude ne lui apportait plus aucun sentiment de tristesse, mais un agréable apaisement. Elle continua donc d'errer, cherchant l'endroit qui n'attendait qu'elle.

Un beau jour, elle cessa sa progression ; non pas parce qu'elle avait trouvé le lieu de ses rêves, mais parce qu'elle percevait une chose étrange qui la frôlait et qu'elle ne voyait pas : de la chaleur. Elle leva le menton et fut éblouie par les rayons d'une grande boule jaune.

Le soleil, lui souffla la petite voix.

— Le soleil, répéta-t-elle par plaisir. Merveil-leux.

Qu'il était doux sur son épiderme ! Comme il lui faisait du bien ! Elle avait l'impression qu'il parvenait même à lui réchauffer le cœur, qui avait été maltraité et piétiné depuis son réveil dans la montagne.

Sans réfléchir, elle s'allongea, ferma les paupières et profita de la tiédeur. Elle était si sereine… Elle souhaita que l'instant n'ait pas de fin. Elle ignorait ce qu'elle éprouvait, mais elle s'en moquait.

La joie, intervint malgré tout la petite voix.

Elle en soupira d'aise. Elle allait succomber au sommeil quand elle soupçonna un change-ment. Elle ouvrit les yeux et remarqua que de l'eau ruisselait sur son corps. *De* son corps ! Ses doigts avaient déjà rétréci de plusieurs centimètres.

« Je fonds », comprit-elle.

Elle savait qu'elle aurait dû s'en alarmer. Toutefois, elle n'en était pas apte. Tout ce qu'elle demandait était de savourer la présence du soleil. Elle ne désirait pas perdre sa joie au profit de la tristesse et de la peur ; la colère ou le dégoût ne la tentaient pas davantage. Elle préférait rester là.

Elle referma ses paupières.

Elle se sentait si bien, allongée, dans la chaleur…

Le secret du pirate

Il était une fois, un fils de tavernier tombé sous le charme de la fille de l'individu le plus important du village. Et si cet amour se révélait réciproque, le couple n'était pas en mesure de se marier : le père de la demoiselle, soucieux de son bien-être, déclarait à qui voulait l'entendre qu'il ne donnerait sa main qu'à un riche gentilhomme.

Après des années d'adolescence à s'aimer en cachette, Andor, le soupirant, apprit à sa chère et tendre son intention de partir du hameau. Il entretenait le fol espoir de faire fortune dans une grande ville, afin de revenir ensuite lui demander de l'épouser en bonne et due forme. Il ne lui réclama qu'une unique chose : qu'elle ne l'oublie pas et patiente jusqu'à son retour. Elle accepta sans une once d'hésitation. Pour lui, elle aurait attendu des années.

Andor quitta donc le domicile familial. Muni de son vieux manteau, de deux ou trois provisions et des maigres épargnes que sa mère avait tenu à lui donner, il marcha sans ralentir un seul instant ; il avait l'ambition de commencer sa quête à la capitale, où l'on prétendait que tout était possible, et le chemin était long avant d'y parvenir. Chaque nuit où le temps fut favorable, il coucha dehors. Chaque jour, il songea à ses rêves d'avenir. Un matin, sa destination lui apparut.

Le jeune amoureux se mit aussitôt en quête d'un travail, prêt à accepter n'importe quoi du moment que le salaire lui offrait de quoi manger et des économies à présenter au père de sa belle. Il chercha et chercha sans se lasser. Néanmoins, ses efforts demeurèrent vains. Les jours se succédèrent, semblables les uns aux autres. S'il refusa de perdre espoir, il fut contraint de se rendre à l'évidence. Aucun métier ne l'attendait à la capitale. Pour s'enrichir, il lui faudrait s'en aller ailleurs. Il continua son chemin.

Dès que ses pas le menaient à une ville, Andor s'y arrêtait et s'adressait à toute personne qu'il y croisait. « Connaissait-on quelqu'un qui avait besoin de main-d'œuvre ? », « Avait-on entendu parler d'un poste à pourvoir, d'une tâche à accomplir ? » Hélas, ses questions restaient sans réponse et, petit à petit, il sentit l'abattement le gagner ; seule la promesse de pouvoir épouser sa dulcinée le poussait à avancer. Il le devait !

Après avoir sillonné nombre de lieux, il

arriva en région maritime, dans un port grand et animé. Là, nombre d'hommes étaient en quête de travailleurs, car il leur fallait au plus tôt arrimer de lourdes caisses à bord de leur bateau. Andor y saisit sa chance. Dès qu'il apprenait qu'un marin avait besoin d'aide, il proposait ses services. Grâce à cette méthode, il s'activa bientôt du matin au soir ; toutefois, la vie dans la région se révélait plus chère que dans son village natal et il gagnait à peine de quoi se nourrir et se loger.

Avec peine, le fils du tavernier vit ses rêves de mariage reculer, puis reculer encore et encore…

*

Par une belle matinée, un élégant monsieur l'aborda ; il se présenta comme étant un navigateur et lui avoua l'avoir beaucoup observé. Si la méfiance d'Andor se manifesta, il choisit tout de même de l'écouter. Un il-ne-savait-quoi chez lui l'y incitait. En outre, il avait toujours suivi son instinct.

Il en fut ici bien inspiré !

L'individu était sur la piste d'une galère, et pas n'importe laquelle : celle du capitaine Keith ! Jadis, avant de disparaître en mer, le pirate était tristement célèbre dans le port, autant pour sa barbarie que pour sa richesse. Personne n'avait jamais retrouvé son navire et l'or qu'il détenait ; pourtant son interlocuteur pensait avoir découvert sa trace. Il comptait être le premier à dénicher le fameux trésor.

— Je t'ai surveillé, mon garçon, lui déclara-t-il une fois son récit achevé, et ce que j'ai appris m'a plu. Tu ne refuses nulle corvée, obéis aux ordres et tu en redemandes. Néanmoins, tu n'as pas l'air d'être un travailleur forcené. J'aimerais connaître la raison de ta présence dans le port. Réponds-moi avec franchise et tu en seras récompensé.

Il ne vint pas à l'esprit d'Andor de mentir ou de se taire ; sa nature honnête le poussait à dire la vérité. Il informa son interlocuteur de l'existence de sa chère et tendre, du vœu de son père et des projets d'avenir qui l'avaient mené vers le port. Puis il attendit sa réponse.

— Un cœur pur avec des motivations aussi pures. Je ne m'étais pas trompé à ton sujet. Je sentais que tu étais l'être que je cherchais, mon garçon.

» Mon bâtiment va partir à la conquête du butin de Keith. Le rêve de toute une vie ! Hélas, je n'ai pas réussi à me dénicher un valet de confiance. Mon équipage ignore le but réel de l'expédition, car je crains une mutinerie. Accompagne-moi, remplis ce rôle, et je me montrerai généreux quant à ta part du trésor.

L'amour que tu portes à ta promise te rendra fidèle. Suis-moi et elle sera tienne.

Andor ne comprit pas la raison qui le poussa à accepter si facilement, mais le lendemain de leur discussion, il embarquait avec son nouveau maître. Les premiers jours de leur traversée se déroulèrent dans le calme le plus complet. Le jeune amoureux passait la plupart de son temps libre dans la cabine du navigateur à parler avenir et découvertes.

Un jour cependant, un cri les alerta. Quelqu'un implorait de l'aide à pleins poumons ! Ils se précipitèrent sur le pont, où l'appel se réitéra. Un coup d'œil leur apprit qu'un garçon se noyait, accroché à une planche de bois. Ils tentèrent dès lors de le ramener à bord. Grâce à de nombreux efforts, il y fut hissé et s'évanouit.

Inquiet, le valet porta le naufragé à l'intérieur de la cabine, puis son employeur et lui attendirent qu'il recouvre ses esprits. Son récit se révéla simple et triste. Le bateau de son père, sur lequel il était, avait été pris dans une tempête, dont il était vraisemblablement le seul survivant...

Andor lui prépara un repas, puis accepta de veiller sur son sommeil. Si tout se déroula d'abord pour le mieux, cela ne dura pas... L'enfant se redressa et, sans ouvrir les yeux, pivota vers lui. Sa voix, si fluette jusque-là, adopta soudain des accents froids et détachés.

— Il vous faut partir. Maintenant. Après, il sera trop tard...

Andor chercha à obtenir plus d'explications, mais le miraculé occulta ses questions.

— Le maudit s'est damné afin de demeurer avec son butin. Il a conclu un pacte avec les dieux de l'océan. Il ne vous laissera pas vous en approcher. Continuez votre route, et vous mourrez... *Le trésor lui appartient !*

Les derniers mots se révélèrent si cinglants que le fils du tavernier s'enfuit dans le but de prévenir le navigateur. Son enfance avait été baignée de superstitions, il savait reconnaître un mauvais présage. Celui-ci ne devait pas être négligé ! Néanmoins, l'homme refusa de l'écouter. Pire, il n'accorda pas le moindre crédit à son histoire, arguant qu'il s'était assoupi et avait rêvé. Andor ne vit qu'une solution : lui montrer leur « invité » pour qu'il réitère ses propos froids et dérangeants, mais quand qu'il l'emmena dans la cabine, le petit n'y était plus ! Les matelots furent mis à contribution sans qu'on le repère.

Malgré tout, l'explorateur s'entêta dans ses projets. Si Andor protesta, le rappel de sa bien-aimée le réduisit au silence et le galion continua son chemin.

*

Les jours s'étirèrent, toujours plus nombreux. Si plus personne n'évoquait le garçon, la méfiance demeurait à bord. Chacun murmurait qu'ils avaient eu affaire à un fantôme, et Andor lui-même n'en doutait pas. Cette nuit-là pourtant, les cœurs étaient à la fête. Le galion avait atteint sa destination ; sans révéler ses intentions à son équipage, le navigateur fut formel : ils touchaient au but. Il prit Andor à part et lui désigna la terre au loin.

— Observe, mon garçon. Là-bas se joueront nos destins ! Tiens-toi prêt, car nous appareillerons à l'aube.

Andor manifesta sa perplexité. Par quel miracle une galère qui avait sombré en mer pouvait-elle se situer sur une île ? Le marin lui apprit ainsi ce qu'il avait découvert. Naguère, ladite île n'existait pas. Elle n'était que récemment émergée des flots. Andor crut distinguer un volcan dans ses contours ; toutefois, sans préciser le fond de sa pensée, son maître lui avoua qu'il n'était pas sûr que c'en soit un.

Le lendemain, ils accostèrent accompagnés de trois individus qu'ils avaient jugés dignes de confiance. Le navigateur les guida vers le potentiel volcan ; large, il s'élevait plus haut que les arbres qu'ils apercevaient. Si Andor se montra sceptique quant à leur destination, il ne protesta guère lorsque son employeur leur ordonna d'en faire le tour jusqu'à localiser une ouverture ou le moyen d'atteindre son sommet.

Au bout d'une heure, l'un des membres de l'expédition héla les autres en affirmant avoir trouvé un passage. En effet, à plusieurs mètres de l'endroit où il se tenait, on devinait une cavité profonde. Tous s'employèrent à y grimper. Confiants, ils s'y engagèrent ensuite. Cependant, le valet se figea quand un courant d'air lui chatouilla la nuque. Il pivota et le garçon de la traversée apparut. Il cria, mais lorsque ses compagnons se retournèrent dans sa direction, l'enfant avait déjà disparu...

Andor s'activa à convaincre le navigateur de repartir. Hélas, rien n'y fit ; il était plus déterminé que jamais à dénicher le trésor. Malgré sa peur, le fils du tavernier se refusa à l'abandonner. Il resta donc.

Une seconde ouverture leur permit de pénétrer dans le cœur de l'île. À nouveau, on se déplaça sur la roche, cette fois pour la redescendre. Quelle ne fut pas la stupeur des aventuriers de découvrir une large étendue d'eau ! Il n'y avait bel et bien pas de volcan.

En face d'eux, échoué contre un écueil, se dévoilait un bâtiment en piteux état. Le bois pourri de sa coque révélait qu'il était longtemps demeuré immergé. Andor comprit ce que le chef de l'excursion avait tu la veille. L'île était creuse et formait un lagon ! Le navire de Keith devait y être dissimulé depuis qu'elle avait éclos des flots, elle lui avait permis de remonter à la surface.

Quelques rochers offraient la possibilité de le gagner sans avoir à se mouiller. Le navigateur les escalada aussitôt, pressé d'atteindre son but. Andor le talonna, bientôt rejoint par les trois marins qui composaient leur escorte. Après leur avoir demandé de les attendre sur les pierres, il se hissa à la suite de son maître à bord de la galère.

Le mat était brisé, fendu en deux ; des morceaux de tissu noir indiquaient quel avait été son pavillon. La teinte du bois, quant à elle, prouvait qu'il avait été brûlé. Andor fut saisi d'un horrible pressentiment : le fantôme avait évoqué un bateau pris dans une tempête… Était-il envisageable qu'il s'agisse du même ? Que la foudre l'ait atteint ? Afin de ne pas s'y arrêté, il suivit l'explorateur dans les entrailles de la carcasse et en fouilla chaque recoin. Dans une pièce qu'ils supposèrent être la cabine de Keith se dissimulait un grand nombre de caisses et de tonneaux en bois. Ils étaient si délabrés qu'ils n'eurent aucun mal à les ouvrir.

Chacun contenait soit de l'or, soit des joyaux !

— Nous voici riches, mon garçon ! Ta belle

est à toi.

Andor hurla son euphorie tandis que son interlocuteur plongeait les mains dans les piécettes dorées. Leur joie était à son comble. Ils avaient réussi, leurs rêves allaient se réaliser !

Soudain, un tremblement les surprit. Il y eut un choc, puis le vaisseau tangua, comme percuté par une chose énorme. Dans l'esprit du valet claironna l'avertissement de l'enfant.

Il lui appartient !

Un nouveau choc les déstabilisa, succédé d'un autre et encore d'un autre. La panique les encercla. À l'instar des objets, ils valsèrent dans la cabine et furent incapables de rester debout. Ensuite, tout s'arrêta. Pour autant, ils n'osèrent bouger, paralysés par l'étrange phénomène.

Le temps s'éternisa, silencieux, jusqu'à ce que des cris résonnent à l'extérieur. Ils se précipitèrent sur le pont, inquiets pour leurs compagnons, mais il était trop tard. À leur arrivée, les rochers exondés étaient déserts...

Le garçon naufragé apparut derechef. Il ne souffla mot, cependant Andor lut dans ses yeux. « Fuyez ou mourrez. » Cette fois, quand il l'implora de rebrousser chemin, son maître ne protesta pas ; ils se réengagèrent sur les pierres et coururent jusqu'à la sortie. Ils filèrent plus vite que s'ils avaient eu le diable à leurs trousses ! Ce ne fut hélas pas suffisant.

Émergeant du lagon, un immense serpent

leur barra la route, gueule ouverte et menaçante. Andor eut alors une certitude. C'était lui le maudit dont lui avait parlé le petit, lui qui avait passé un pacte avec les dieux de l'océan lorsque son équipage avait sombré en mer, lui qui ne les autoriserait pas à s'en emparer. Le capitaine Keith !

— J'aurais été plus sage de t'écouter, mon garçon, balbutia le navigateur. Pardonne-moi. Par ma faute, tu ne reverras jamais ta belle...

Andor refusa de s'avouer vaincu. Lorsque le monstre plongea dans leur direction, il poussa son employeur dans les flots et lui hurla de se rendre jusqu'à la paroi rocheuse, unique échappatoire possible. Il ne songea plus à rien. Sans hésiter, il s'immergea, puis nagea vers la coque, convaincu que la créature le pour-suivrait. Keith s'était damné afin de rester avec son trésor, le fils du tavernier était persuadé qu'il n'accepterait pas de le laisser s'en approcher.

Il vit juste. Néanmoins, il n'eut pas l'op-portunité d'atteindre le navire. L'abomination lui fondit dessus et l'entraîna dans les flots. Il se débattit pour éviter sa gueule à n'importe quel prix et crut sa fin survenue lorsque le fantôme se remanifesta. Bien qu'il soit sous l'eau, Andor comprit les propos qu'il hurla.

— Il n'a pas ton or, pirate. Recule !

Contre toute attente, le maudit obéit, et un

millième de seconde avant de sombrer dans l'inconscience, le valet sentit de petites mains l'agripper et fut effleuré par une drôle de réflexion : et si le garçon n'avait pas menti ? Et si le flibustier était en réalité son père ? Se pouvait-il qu'en se damnant, celui-ci l'ait condamné à une existence d'errance ? Une existence à tenter de protéger les écervelés comme le navigateur et lui ?

*

Il se réveilla aux côtés de l'explorateur, dans la cavité qu'ils avaient déjà traversée plus tôt. L'homme s'empressa de le remercier, car seul son sacrifice lui avait permis de rejoindre la paroi et d'échapper à leur horrible adversaire. À son tour, Andor raconta qu'il ne devait sa survie qu'à leur « gardien ». Puis ils se hâtèrent de quitter leur cachette et l'île où ils avaient failli tout perdre. L'ordre de lever l'ancre fut immédiatement donné ; leur mine sombre découragea les matelots de poser la moindre question sur les trois marins disparus. Aussi soulagé que déçu, Andor s'accouda au bastingage. Tant de temps gaspillé en vain ! Il n'était pas près de rentrer au village ni de demander la main de son aimée. Son maître le rejoignit, silencieux. Chacun goûta au plaisir d'être encore en vie. Ensuite, le plus âgé sortit une poignée de joyaux de sa poche et prononça quelques mots :

— Je l'ai prise quand le serpent demeurait sous les flots. Après ce que tu as fait pour moi, elle te revient de droit. Tu épouseras ta belle. J'espère que tu me pardonneras de t'avoir entraîné dans une folie pareille.

Durant plusieurs secondes, Andor oublia leur mésaventure, le maudit et les membres morts par leur faute, par leur entêtement à ne pas vouloir considérer les présages. Il entrevit son avenir radieux et sut que malgré tout ce qui lui était arrivé, il ne regretterait rien.

Il sourit au navigateur, gagné par une certitude : il ne s'était que trop absenté de chez lui. Il était l'heure de rentrer, de se fiancer et de chasser le spectre du capitaine Keith…

Des années plus tard, un seul souvenir refusa de s'effacer de la mémoire d'Andor. Celui de la silhouette d'un garçon qui les observait depuis le rivage tandis que leur bâtiment s'éloignait.

Le Kirin

Il était une fois, au cœur d'un vaste empire, un humble villageois qui n'avait d'autre souhait que celui d'avoir un enfant. Lui et son épouse priaient tous les soirs dans l'espoir de voir leur rêve s'exaucer, si bien que les esprits finirent par entendre leur vœu. Un beau jour, le ventre de la femme s'arrondit et un vent de fraîcheur entra dans leur chaumière. Dès lors, la naissance à venir occupa toutes leurs pensées.

Secrètement, le villageois espérait avoir un fils fort et vaillant ; dans ces contrées, seul un garçon pourrait adopter son nom et obtenir le titre de chef de famille s'il lui arrivait malheur. En plus d'une descendance, un fils lui assurerait que son aimée aurait toujours un toit au-dessus de sa tête. L'homme pria donc derechef, et un soir d'été, les esprits décidèrent que le moment était venu pour lui de rencontrer son premier-né.

Ainsi qu'il était coutume d'agir dans l'Empire, les matrones du hameau l'expulsèrent de son logis le temps que son épouse donne la vie. Durant de nombreuses heures, il patienta et patienta encore en tournant en rond devant sa porte. À chaque cri de la future mère, il craignait que l'accouchement se déroule mal et adressait un vœu aux esprits. Le paysan les implora jusqu'à ce qu'un bruit étrange attire son attention…

Là, il attrapa une lance. Il n'était pas inhabituel qu'une bête fasse d'un petit patelin comme le sien son terrain de chasse, et bien que l'Empereur actuel interdise de giboyer sur ses terres, le père ne voulait prendre aucun risque vis-à-vis des siens.

Ce ne fut pourtant pas un animal sauvage qui lui apparut, mais un splendide Kirin ! Campé avec fierté sur ses sabots, il le toisa de toute sa hauteur : ses bois de cerf étaient gigantesques ; ses écailles reflétaient les rayons de la lune et les poils de sa barbiche de chèvre ondulaient sous l'effet du vent ; son regard s'avérait très doux. Tout en lui inspirait le respect. Dès qu'il fut remis de son émotion, le villageois se prosterna au sol.

L'Empire vénérait les Kirins depuis l'aube des premiers jours. Êtres rares et mystérieux, on racontait qu'en apercevoir un était synonyme de gloire et de chance, que la créature ne se déplaçait jamais en vain. Il se disait aussi qu'à l'aube de ces terres, un Kirin avait rendu visite à celui qui allait devenir le tout premier Empereur, raison pour laquelle sa lignée arborait le quadrupède sur ses étendards. Quoi qu'il en soit, peu nombreux étaient ceux qui étaient en mesure de se vanter d'en avoir entrevu un et le villageois réalisait qu'un immense honneur lui était accordé.

Submergé par une émotion difficilement contenue, il ne releva le menton qu'en entendant le cri d'un nourrisson déchirer la nuit.

— Un garçon, clama-t-on dans sa chaumière. C'est un garçon !

Il en pleura de joie. Les esprits avaient à nouveau écouté ses prières ! Lorsqu'il observa le Kirin, le spectacle qui s'offrit à lui le rendit muet. Patte antérieure droite en avant, la légende vivante se tenait inclinée face à sa demeure. Elle bénissait la venue au monde de son descendant !

L'individu comprit que son fils serait destiné à de grandes choses.

*

Les années passèrent sans que Iori soit au courant de la présence du Kirin le soir de sa naissance.

Pendant six ans, il grandit et vécut entouré de l'amour de ses parents. L'époque n'était pas simple : l'impôt prélevé par les sbires de l'Empereur ne cessait d'augmenter et le travail de son père aux champs payait peu et peinait à les nourrir tous les trois…

Quand ce dernier tomba malade, leurs maigres économies ne leur permirent pas de régler un guérisseur, et il s'éteignit, vaincu par son mal. Emporté aux champs afin de remplacer le cueilleur manquant, on n'accorda pas à Iori le loisir de le pleurer.

Chaque saison se montra plus dure que la précédente. Tandis que les taxes s'alourdissaient, le salaire de Iori diminuait. Partout dans l'Empire, les bourgades s'appauvrirent sous la tyrannie d'un souverain cupide. À ses douze ans, le travail qu'effectuait le garçon ne suffisait plus ni à verser l'impôt ni à les entretenir lui et sa mère. Il dut prendre une décision : soit il laissait l'un d'entre eux mourir de faim, soit il se transformait en hors-la-loi et partait courir le gibier de l'Empereur dans la forêt avoisinante.

Ainsi, d'année en année, dès que le pain venait à manquer et une fois la nuit tombée, Iori s'éclipsait, muni d'un arc et de flèches qu'il avait fabriqués, pour ne revenir qu'aux petites heures du jour. Seule sa mère était au courant de ses sorties nocturnes. Inquiète, elle ne les encourageait pas, mais reconnaissait qu'elles étaient nécessaires.

Au début, les prises se firent rares. Iori perdit beaucoup de temps à courir après ses flèches.

Néanmoins, au fil des étés, il giboya de plus en plus vite et de mieux en mieux. Les captures devinrent fréquentes et la forêt n'eut plus aucun secret pour lui. Par sécurité, il prenait soin de ne tuer que le strict minimum à leur survie, mais lorsqu'il avisait un villageois particulièrement mal en point, il lui arrivait de débusquer un petit gibier et de le déposer sur son seuil.

Iori avait conscience de jouer sa vie ; qu'un larbin de l'Empereur l'attrape et elle s'achèverait ! Elle pouvait même prendre fin si un habitant le surprenait : le tyran avait toujours incité son peuple à dénoncer les fauteurs de troubles, et la récompense promise avait de quoi donner à un gentilhomme l'envie de trahir son propre frère. Le chasseur était encore jeune et, déjà, il savait qu'il valait mieux ne se fier à personne.

Souvent, sa mère lui affirmait qu'il serait un homme juste et bon, qu'il avait l'étoffe et la noblesse d'âme d'un seigneur. Ces propos ne manquaient pas de lui rappeler les paroles de son défunt père qui, de son vivant, n'avait eu de cesse de lui répéter qu'il était spécial et accomplirait des merveilles quand il serait adulte. Si Iori ne saisissait pas d'où les siens puisaient une telle foi en lui et s'il doutait d'être un jour un pareil homme, cette confiance lui avait à de nombreuses reprises réchauffé le cœur les jours les plus pénibles...

Un soir, sous l'œil inquiet de sa mère, il quitta à nouveau leur chaumière. Le garde-manger était vide et le salaire de sa semaine ne serait pas suffisant pour les nourrir une huitaine de plus. Épuisé par son long labeur du jour, arc à la main, il se glissa dans les bois sombres en espérant attraper un gros gibier.

Quand une biche se montra dans son champ de vision, le traqueur remercia les esprits de leur don et encocha sa première flèche. Il ne la tira hélas pas, car un bruit l'arrêta ; dès qu'il l'entendit, Iori se dissimula derrière un arbre. Mieux valait rentrer bredouille que d'être capturé par un sbire de l'Empereur. Telle était la devise qu'il avait faite sienne au fil des ans.

Soudain, un gracieux Kirin lui apparut et le jaugea. Iori était tant et si bien persuadé d'avoir affaire à un ennemi qu'il en resta sans voix. Il n'osait y croire. Si son père lui avait souvent parlé de ces créatures qui vivaient cachées, il les pensait tout droit sorties des légendes. Qu'il se fourvoyait ! L'être qui se tenait devant lui était plus beau que dans ses rêveries d'enfant.

Il se rappela les contes de son père et s'inclina. Si tout ce qu'on racontait sur lui était vrai, son visiteur appréciait le respect et le méritait. Surprise ! Le Kirin s'inclina également. Puis il se redressa et pivota. Iori ignorait de quelle façon réagir. À sa connaissance, nul dans son entourage n'avait déjà rencontré l'animal, ce qui l'avait poussé à remettre son existence en cause ; il en était venu à le considérer comme une invention de la famille impériale pour légitimer sa prise de pouvoir. Le Kirin darda ses iris sur lui et le chasseur comprit qu'il l'implorait de la talonner. Il obéit sans songer un seul instant que rien ne l'y obligeait.

Longtemps, Iori erra dans la forêt et alla là où la mystérieuse apparition l'emmenait. Tandis qu'il marchait dans ses pas, elle se retournait à intervalles réguliers afin de s'assurer qu'il la suivait toujours. Négligeant tout le reste, le jeune homme ne voyait plus qu'elle et aurait avancé des heures durant si elle n'avait pas fini par s'arrêter.

Il prit alors conscience de son environnement. Il se trouvait dans un jardin somptueux ! Partout où il posait son regard, il découvrait une nouvelle merveille : fontaine, kiosque, bassin d'eau, parterre de fleurs aux couleurs vives, statue de marbre blanc… Jamais encore il n'avait eu l'occasion de contempler tant de richesses !

Ce ne fut pourtant rien de tout cela qui attira le plus son attention, mais un étendard doré accroché au toit d'une maisonnette en bois : le blason de l'Empereur. Horrifié et affolé, Iori voulut implorer le Kirin de lui dire pourquoi il l'avait amené ici, à l'endroit où on pouvait le condamner à mort pour se promener avec un arc. Hélas, celui-ci avait disparu ! Iori eut beau chercher, il ne remarqua pas la moindre trace de sabot. Il était seul en territoire ennemi, sans savoir de quelle façon en partir ni s'il serait capable de retrouver son chemin.

Pour la première fois de son existence, il eut peur d'être attrapé. Si comme il le soupçonnait, il était dans les jardins de l'Empereur, les alentours grouillaient de ses serviteurs. Tous n'étaient certes pas aussi cruels qu'on le prétendait, néanmoins il ne donnerait pas cher de sa peau si on venait à le découvrir là. Il n'aurait pas dû réussir à entrer dans ces jardins sans être repéré ! Comment le Kirin avait-il réalisé un tel exploit ? Pourquoi l'avait-il fait ? Autant de questions auxquelles Iori n'avait pas de réponses. Il n'était certain que d'une chose : il était impératif qu'il se sauve.

Dans sa panique, il oublia une grande leçon que son père lui avait naguère enseignée au travers des contes. Les Kirins n'accomplissaient rien par hasard. Ainsi, pendant que Iori errait en silence à la recherche de son chemin, la créature le surveillait d'un œil bienveillant, attendant le moment où il se rendrait compte qu'il n'était pas seul dans les jardins. Et ce moment ne tarda guère à arriver…

Dès qu'il sentit la pointe d'une épée lui piquer le bas du dos, Iori présuma que sa dernière heure était venue et pria. Pas pour sa vie, loin de là. Il supplia les esprits afin qu'on prenne soin de sa mère ; il les supplia afin que l'un de leur voisin veille sur elle le restant de ses jours et qu'elle ne manque de rien.

— Le braconnage est interdit et pénétrer dans les jardins de l'Empereur est illégal, lui déclara l'être qui brandissait l'arme.

— Je ne chassais pas.

Iori était peut-être condamné à trépasser, toutefois il refusait que ce soit pour un crime qu'il n'avait pas commis ; du moins, pas ce jour-là.

— Tu ne tiens donc pas un arc ?

Il ne répondit pas. Seuls les gens naïfs présumaient qu'il était possible de discuter avec un sbire de leur dirigeant. Il avait deviné son sort scellé dès qu'il avait perçu l'épée contre sa peau.

Quand son interlocuteur lui ordonna de pivoter, il s'exécuta, puis s'étonna de découvrir un être de son âge. Au vu de ses habits, il n'était pas un simple larbin, mais bien un seigneur, un être susceptible de l'amener à l'Empereur. Si les esprits étaient cléments, sa fin serait rapide et on ne le laisserait pas mourir de faim dans un cachot.

— Tu ne te défends pas beaucoup pour quelqu'un qui vient d'être attrapé la main dans le sac.

— Rien de ce que je dirai ne vous ferait

changer d'avis à mon sujet. Je suis déjà condamné, je le sens.

— Me prends-tu un monstre ? le taquina l'homme à l'épée. Je ne m'imaginais pas si effrayant.

Plus que la moquerie, ce fut la compassion dans son regard qui rendit Iori hésitant.

— La chasse est punie de mort. N'allez-vous pas me conduire devant l'Empereur ?

— Je pensais que tu ne giboyais pas ? Quoi qu'il en soit, Sa Grâce a des occupations plus importantes que de gérer un petit braconnier. Ce n'était cependant pas très prudent de t'infiltrer dans les jardins. Un autre aurait pu te remarquer et se montrer moins indulgent.

— Je ne voulais pas atterrir ici. Je… je me suis égaré, mentit-il.

Iori n'était pas sans savoir qu'il était mal avisé pour un simple villageois d'affirmer avoir aperçu un Kirin quand celui-ci ne s'était plus dévoilé à la famille impériale depuis des siècles.

— As-tu mangé récemment ?

Étonné, il ne répondit d'abord pas, et quand l'individu l'incita à le suivre, il obtempéra avec curiosité et incertitude.

Tout le temps que dura leur marche au travers des jardins, Iori s'enferma dans son mutisme, même quand son geôlier lui demanda d'où il provenait. Il ne souhaitait pas prendre le risque d'attirer le courroux de l'Empereur sur son hameau. Lorsqu'il fut prié de donner son nom, il demeura également de marbre. Malgré l'étrange gentillesse de l'être à l'épée, sa méfiance le poussait à rester vigilant. Aussi fut-il surpris d'être amené à l'intérieur de la maisonnette à l'étendard, dans une cuisine débordant de fruits frais ; si surpris qu'il ne bougea pas quand l'homme l'invita à choisir ceux qui lui plaisaient.

— Si tu réagis ainsi face à un animal, je te crois volontiers : tu ne chassais pas, le nargua celui-ci. Tu m'as l'air d'être affamé, pourquoi ne manges-tu pas ?

La moquerie le tira de sa léthargie.

— Je… je ne serai pas accusé de vol ?

— Ce n'est pas un vol si je te propose de te servir.

Iori eut le sentiment qu'il ne le trompait pas. Une aura de douceur se dégageait de lui, comme si tout ce qu'il escomptait était en effet qu'il se nourrisse. Sans se départir de sa méfiance pour autant, il attrapa un fruit et y mordit à pleines dents. La saveur de l'aliment lui fit aussitôt tourner la tête. Il y avait tant d'années qu'il n'avait plus dégusté un mets si délicieux ! Vu que le noble ne soufflait mot, Iori prit un second fruit dans une corbeille et, discrètement, en glissa deux ou trois dans sa sacoche.

— Tu n'as pas de nom, soit. Acceptes-tu au moins me dire d'où tu viens ?

Le traqueur refusa d'un geste.

— Es-tu un vagabond ?

— Non, souffla-t-il.

— Comment est-il possible que tu aies si faim ? L'endroit où tu résides a-t-il été attaqué ?

— Non.

Il n'avait été qu'appauvri par l'Empereur et harcelé par ses larbins. Toutefois, Iori n'allait pas le révéler à son hôte, qui s'en doutait. S'il était seigneur, l'impôt lui profitait.

— Êtes-vous nombreux à souffrir de la disette ?

— Trop, cracha-t-il sans réussir à s'en empêcher.

Malgré la douceur de ses iris, Iori se demanda si son interlocuteur se moquait de lui. Personne n'était naïf au point de songer que l'Empire était prospère sous le règne du tyran qu'ils servaient.

— Pourquoi ne mandez-vous pas l'aide de l'Empereur ?

— C'est à cause de Sa Grâce que nous dépérissons !

Le chasseur regretta tout de suite ses propos. Porter de telles accusations s'apparentait à de la trahison. Une simple boutade sur l'Empereur était punissable d'enfermement. Mais si l'autre homme parut choqué, il n'émit aucune remarque et lui offrit un nouveau fruit, ne reprenant la parole que lorsqu'il l'eut mangé :

— Rentre chez toi.

— Je... je ne suis pas prisonnier ?

— Non, je pensais que tu en avais conscience. Suis-moi.

Iori acquiesça avec reconnaissance. Il avait tant de mal à réaliser sa chance qu'il remercia une fois de plus les esprits. Il n'était pas certain de parvenir à retrouver son chemin, mais qu'importe. Il s'en sortait sain et sauf, sa mère ne le pleurerait pas.

Juste avant de quitter l'habitation, le noble attrapa un panier empli de victuailles.

— Tiens, dit-il. J'ignore pour qui tu désires plus de nourriture, mais ce panier en contient un peu plus que ta sacoche.

Honteux de son manque de discrétion, Iori baissa le menton, puis le talonna dans les jardins. Une telle gentillesse n'avait de cesse de l'étonner ; cependant, sa méfiance s'était envolée. L'individu était un être bon, la corbeille offerte en était la preuve. Alors, quand ils arrivèrent à la lisière de la forêt, au moment de se séparer, il déclara :

— Iori. Je m'appelle Iori.

Le sourire qu'il reçut en réponse le convainquit d'avoir pris la bonne décision.

— Nobu.

— Merci pour la nourriture.

Iori fut incapable d'ajouter quoi que ce soit, si bien que le silence s'installa plusieurs secondes.

— Tu te trompes, affirma finalement Nobu. Pour l'Empereur. Toi et les tiens, demandez une audience, expliquez votre situation. Il y remédiera, je te le promets.

Iori savait que c'était faux, mais il opina malgré tout. Puis, étrangement serein, il s'éloigna. Le regard plein de sollicitude de Nobu ne quitta pas ses réflexions. Quelque chose en lui l'intriguait, lui donnait envie de mieux le connaître.

Il ne fut guère étonné lorsqu'après avoir avancé de deux ou trois pas, il aperçut le Kirin qui l'attendait afin de le ramener chez lui. Cette rencontre était son œuvre, il en était convaincu.

L'animal releva soudain le cou, puis bondit en arrière et se dissimula dans les feuillages. Iori fut rattrapé par Nobu, qui l'interrogea :

— Est-ce que tu reviendras ?

— Pardon ?

— Reviendras-tu ?

Le braconnier se devait de refuser tant cela était insensé, risqué et dangereux. Pourtant, il se surprit à le lui promettre.

*

Iori tint parole. Si durant ses journées, il travaillait aux champs et protégeait sa mère, il rejoignait son allié improbable les soirs où il n'avait pas besoin de courir le gibier. Le Kirin fut présent à chacune de ses sorties nocturnes, prêt à le guider et à le ramener ensuite chez lui. À l'instar de Nobu qui veillait à ce qu'il ne fasse aucune mauvaise rencontre dans les jardins, la créature l'y conduisait pour s'assurer qu'il serait sain et sauf. Dans ses pupilles, Iori voyait qu'elle attendait sans réussir à deviner quoi.

Au début, être aux côtés de Nobu fut étrange. Aussi bien le jeune homme que lui ne parlèrent beaucoup. Mais peu à peu, leurs langues se délièrent et, s'ils ne discutèrent ni de leur famille ni ne s'aventurèrent sur des sujets trop personnels, ils apprirent très vite à se connaître et à avoir confiance l'un en l'autre.

Comme le chasseur l'avait pressenti, Nobu était un être très doux et gentil, à tel point qu'il en vint à se demander comment il était entré au service de l'Empereur. Le noble se souciait de tous les êtres qui avaient croisé son chemin et prônait la justice. Persuadé que Sa Grâce en faisait tout autant, il ne parvenait pas à croire que des gens puissent évoluer dans une pauvreté semblable à la sienne.

Un jour, Iori en comprit la raison. Nobu n'était pas autorisé à quitter son poste. La maisonnette en bois où ils passaient leurs nuits avait été construite pour lui. L'Empereur ne lui avait confié qu'une tâche : veiller à ce que ses jardins soient prospères et que nul voleur n'y pénètre. Si Iori eut beaucoup de mal à saisir pourquoi le souverain lui avait relégué une mission qui ressemblait plus à une captivité dorée qu'à un réel travail, il comprit en revanche très vite ce qui avait poussé Nobu à le prier de revenir le soir de leur rencontre : la solitude.

Hormis peut-être un laquais de l'Empereur ou deux, le gardien des lieux ne fréquentait personne. Il ne discutait pas et n'avait pas de véritables amis. Il révéla ainsi au traqueur qu'il était le seul qu'il ait jamais eu.

Plus le temps s'écoulait, plus Iori le considérait également tel un proche. Leurs entrevues lui devenaient indispensables et amenaient dans son cœur une joie qu'il n'avait plus éprouvée depuis la mort de son père. Nobu lui permettait d'oublier ses problèmes, lui rappelait qu'il existait des âmes généreuses dans ce monde et lui donnait envie de garder foi en l'avenir.

Une unique ombre ternissait leurs rendez-vous : la confiance de Nobu en leur dirigeant. Chaque nuit, dès qu'ils étaient sur le point de se quitter, il le suppliait d'aller au palais, de parler de son village qu'il pensait être un cas isolé et de chercher de l'aide. Et chaque nuit, Iori, ne souhaitant ni le blesser ni le fâcher, lui répondait que cela serait vain. Si son confident semblait toujours attristé par son refus, il ne lui offrait pas moins un panier de nourriture à la fin de ses visites, si bien que Iori déposait tous les jours quelques vivres sur le seuil d'un villageois, et souriait dès qu'il surprenait l'un d'entre eux à évoquer un mystérieux bienfaiteur.

Un soir, lorsque Nobu l'implora à nouveau de rencontrer leur chef, Iori n'y tint plus : il lui ouvrit les yeux, lui expliqua les conditions de vie des siens et l'entretint de la taxe grandissante et de la maltraitance dont faisaient preuve les sbires de l'Empereur. Quand le jeune homme lui déclara la chose inconcevable, il lui recommanda de quitter sa prison dorée et de vérifier par lui-même, puis il regagna sa chaumière, incapable de taire sa colère face à un tel aveuglement.

Il s'en voulut dès le lendemain matin tant il avait parlé rudement alors que Nobu n'était en rien responsable de la situation actuelle de l'Empire. Lorsque le jour tomba, Iori s'empressa donc d'aller au-devant du Kirin et courut jusqu'aux jardins. Il n'aperçut pas Nobu là où ils se rejoignaient d'habitude et craignit de l'avoir blessé. Pour en avoir le cœur sûr, il se hâta de se rendre à l'habitation.

Assis sur le seuil, l'air abattu, le noble paraissait l'attendre.

— Tu avais raison, murmura-t-il. Tu avais raison sur tout.

Il n'eut pas besoin d'en dire davantage : Iori comprit qu'il avait suivi son conseil. Il tenta de le réconforter et l'écouta lui relater le dégoût que ce qu'il avait vu lui avait inspiré.

Sous le choc, Nobu portait désormais un regard nouveau sur l'Empereur qu'il vénérait. Le chasseur devina à quel point admettre qu'il s'était fourvoyé lui était douloureux. Il nota aussi du regret dans ses prunelles, comme s'il se jugeait responsable du malheur qu'il avait contemplé, comme s'il s'en tenait rigueur.

Durant de longues minutes, il s'efforça de le rassurer ; il argua qu'il lui avait été impossible d'appréhender la vérité en étant confiné dans les jardins. Son interlocuteur le remercia de sa franchise et ces mots le touchèrent plus qu'il ne l'aurait imaginé. Iori s'étonna derechef de se sentir si serein en sa compagnie. En l'espace de peu de temps, Nobu avait pris une place dans sa vie qu'il ne s'expliquait pas.

Juste au moment où il désira lui en parler, un bruit l'en empêcha : le chant de trompettes toutes proches. Pour les avoir déjà entendues plus jeune, Iori n'ignorait pas leur signification. Sa Grâce arrivait.

— À l'intérieur. Vite ! paniqua Nobu.

Il obéit. Si l'Empereur le dénichait, c'en était fini de lui, il n'en doutait pas. Il se dissimula dans une armoire avant que la porte de la maisonnette ne s'ouvre. L'espace entre les deux battants du meuble ne lui permit pas d'observer ce qu'il se passait. En revanche, il n'en rata pas une miette grâce à son ouïe.

— Père, salua Nobu.

Ce simple mot faillit révéler sa présence : un hoquet de surprise manqua lui échapper. Son ami, le fils de l'Empereur ? Inimaginable. Les deux hommes étaient si différents !

— J'exige des explications, mon fils. Un garde me jure que tu as quitté les jardins. Or, je te l'avais formellement interdit. Le nies-tu ?

— Non, Père.

Père… Iori ne parvenait toujours pas à y croire.

— Pourrais-je savoir pourquoi ?

— J'avais à cœur de découvrir l'Empire de mes propres yeux et d'aviser comment se porte le peuple.

— Le peuple se porte à merveille. L'Empire est florissant.

— J'ai constaté l'inverse, rétorqua Nobu.

Iori l'entendit dès lors exposer ce qu'il avait remarqué avec calme, sans l'évoquer lui ni trahir aucun des villageois avec qui il avait discuté lors de sa sortie. Quand le souverain le coupa sans ménagement et l'insulta, Iori n'eut qu'une seule envie : le défendre. Fourbe, le dirigeant assura à son descendant qu'il n'était qu'un pauvre imbécile capable de se laisser berner par le premier traître qu'il croisait. Il l'accusa d'accorder du crédit à une poignée de rebelles au lieu de lui, son propre père, qui veillait sur lui depuis sa naissance. Il lui affirma qu'il n'était pas apte à voir plus loin que le bout de son nez et que jamais, au grand jamais, il ne serait en mesure de lui succéder sans que l'Empire tombe en ruines.

En lui apprenant qu'il lui avait confié la surveillance des jardins comme unique tâche malgré son statut d'héritier dans le seul but d'éviter qu'une catastrophe se produise, l'Empereur lui assena le coup de grâce. Iori l'entendit dans sa voix : Nobu était brisé. Il pressentit que, si son père lui avait déjà parlé rudement, c'était la première fois qu'il lui montrait le visage qu'il réservait à la population : le tyran.

Cette nuit-là, Iori ne trouva pas le sommeil. Dès qu'il fermait ses paupières, les traits de Nobu lui apparaissaient, torturés par les paroles de son géniteur. Il lui était impossible d'être en colère contre lui, même s'il lui avait dissimulé sa véritable identité. Au fond de son être, il soupçonnait que le jeune homme n'était pour rien dans les agissements de son père, qu'il ne lui avait pas menti.

Désormais, il comprenait pourquoi il s'en était voulu après avoir découvert la pauvreté au sein de l'Empire. Nobu se sentait coupable de la misère qu'il avait perçue, coupable de l'avoir ignorée et de n'avoir rien fait alors qu'il en avait le pouvoir – pouvoir qu'il n'oserait plus prendre, son estime était brisée. Le chasseur n'eut guère de mots afin de décrire le dégoût que lui inspirait L'Empereur.

Bien sûr, il avait tenté de réconforter l'héritier du trône, de lui assurer qu'il serait un grand chef, bon et juste envers ses citoyens. Il lui avait répété qu'il croyait en lui, qu'il ne devait pas autoriser son père à le maltraiter de la sorte. Hélas, Nobu était si bouleversé par ce qu'il avait entendu que Iori n'était pas sûr qu'il l'ait réellement écouté...

Au milieu de la nuit, à force de remuer ses réflexions, il eut une illumination : si le Kirin l'avait amené dans ces jardins, c'était dans le but de révéler à Nobu sa véritable valeur. Il s'agissait de son destin !

Ainsi, le lendemain, Iori ne réussit pas à attendre que le soir tombe. Dès que sa journée de travail s'acheva, il fila dans la forêt, décidé à redonner le sourire à celui qui comptait tant pour lui. S'il fut surpris de ne pas rencontrer le Kirin, il ne s'en formalisa pas, car il était maintenant capable de suivre le bon chemin seul. L'inquiétude qu'il éprouvait pour Nobu masqua l'appréhension que l'absence de la créature provoqua en lui. Il ne pensait plus qu'à une chose : rejoindre son ami et vérifier qu'il ne se laissait pas abattre. Il y pensa si fort qu'il ne nota pas le silence oppressant qui régnait, pas plus que le manque d'hommes de l'Empereur près de l'arche principale des jardins...

Nobu ne l'attendait pas près de leur point de rendez-vous. Il prit donc la direction de la maisonnette ; néanmoins, personne ne l'accueillit sur le seuil. Gagné par la nervosité, il s'approcha à pas de loup. De crainte que l'Empereur ne soit revenu et ne soit à l'intérieur, il colla son oreille contre le bois de l'entrée. Nul bruit ne se dégageait de l'habitation. Nobu était seul ; seul et triste, puisqu'il restait enfermé.

Le braconnier ouvrit la porte et s'avança sur le plancher. Aussitôt, deux individus lui bondirent dessus. En cinq secondes, Iori fut maîtrisé et à genoux au sol. Il eut à peine l'occasion de repérer l'insigne sur leur tenue : celui de la famille impériale !

— Voici donc l'être qui a corrompu mon fils.

Iori releva le menton. Sans sourciller, il dévisagea l'Empereur ; il était hors de question qu'il montre sa peur à un tel barbare !

— Où est Nobu ?

L'un des gardes qui le tenaient le frappa du pied.

— Témoigne ton respect à Sa Grâce.

Il s'y refusa et ne quitta pas le dirigeant des yeux. Celui-ci consentit à lui répondre :

— Mon fils est dans ses appartements au palais, là où il ne peut me causer du tort. Un emprisonnement qui est entièrement ta faute, j'espère que tu en as conscience ? Il avait tout pour être heureux : de l'espace, le grand air, une certaine liberté de mouvement. Toi, tu l'en as privé.

— *Vous* l'en avez privé.

— Je n'aurais pas agi ainsi si tu n'étais pas venu ici afin d'essayer d'en faire un traître. Ne nie pas : je t'ai entendu hier soir… Tu aurais été plus avisé de vérifier que je m'étais éloigné avant de sortir de ta cachette, petit rat ! Tu incitais mon fils à m'affronter, mais sache que nul ne se retourne contre l'Empereur, car l'Empereur est l'Empire. Je suis l'Empire. Dis-moi… qu'aurais-tu tenté ensuite ? Aurais-tu offert le pouvoir à cet idiot de rêveur ? Ou l'aurais-tu pris pour toi ?

— Ni lui ni moi ne sommes des traîtres !

— Mensonge !

Iori serra les dents lorsqu'un second coup de pied écrasa l'une de ses côtes. La crainte céda le pas à la colère. Il espéra que Nobu se porte bien, que le tyran ne l'ait pas blessé.

— Ton nom, lui ordonna l'Empereur.

Il ne répondit pas.

— Ton. Nom.

Vu qu'il ne réagissait pas plus, le souverain adressa un signe à l'un de ses larbins. Iori n'eut pas l'opportunité de regarder le coup partir et, durant quelques secondes, sa vision demeura floue.

— Je m'impatiente.

— Iori, avoua-t-il à contrecœur.

— Parfait. Iori, là où tu vas, tu ne me causeras plus de problèmes.

— Nobu serait un meilleur Empereur que vous, cracha-t-il en désespoir de cause, ayant compris que seule la mort l'attendait.

Cette fois, le chasseur aperçut le poing qui le frappa. Puis il sombra dans l'inconscience.

*

Iori n'eut guère droit à une mort rapide : il avait offensé l'Empereur et celui-ci comptait le lui rappeler. Cloîtré dans un cachot froid, humide et malodorant, alimenté au compte-gouttes, le traqueur n'était plus que l'ombre de lui-même. Maigre, sans force, il n'était pas apte à deviner combien de temps s'était écoulé depuis son enfermement, pas plus que s'il faisait jour ou nuit ; nulle lumière ne pénétrait les lieux. Il était en tête à tête avec ses pensées. Les rats étaient ses seuls compagnons, avec qui il devait se battre dès qu'un peu de nourriture était glissé sous la porte de sa prison.

Par moments, le visage de sa mère folle d'angoisse lui apparaissait, puis les traits de Nobu se substituaient aux siens. Tous deux étaient les uniques êtres pour lesquels il s'inquiétait encore plus que pour lui. Plusieurs questions revenaient constamment le torturer : Nobu allait-il bien ? L'Empereur lui avait-il causé du tort ? Était-il toujours retenu au palais ? Sa mère était-elle en sécurité ? Un voisin l'avait-il recueillie ? Se remettait-elle de sa perte ? Dire qu'elle ignorait ce qui lui était arrivé !

Souvent, il songeait au Kirin, étonnante créature qui lui avait permis de rencontrer son ami. Il ne s'expliquait pas quel avait été son but ; il n'était guère plus certain qu'il en ait eu un. Si Iori avait d'abord eu la naïveté de présumer qu'il serait celui qui convaincrait Nobu de prendre les rênes de l'Empire, que le Kirin voulait par là améliorer leur condition à tous, il fut vite contraint de se rendre à l'évidence. L'Empereur avait raison, il n'avait fait qu'empirer le sort du noble. Ses parents s'étaient trompés à son sujet : il ne serait jamais un grand homme. Et si Nobu avait été un jour la cible des attentions du Kirin, celui-ci avait commis une grave erreur en le mettant sur sa route...

Iori ne pouvait se consoler avec l'idée qu'il aidait les siens. Plus personne n'apporterait de nourriture sur le seuil des habitations désormais. Les villageois n'étaient guère mieux lotis que lui : au bout du compte, tous finiraient par mourir de faim. Avec un être tel que l'Empereur, pour lui comme pour ces contrées, il n'y avait plus aucun espoir.

Un jour pourtant, alors qu'il n'y croyait plus,

un rayon de clarté filtra sous la porte de sa geôle. Il pensait que son imagination lui jouait un tour lorsque celle-ci s'entrebâilla ; la lumière fut si vive qu'il ne réussit pas à garder les paupières ouvertes. Il y avait trop de jours qu'il était plongé dans l'obscurité !

Quelqu'un l'appela, mais de crainte que l'Empereur n'ait décidé de mettre fin à ses jours plus tôt que prévu, Iori n'osa bouger. Il ne chercha pas à regarder et se contenta d'écouter. On s'avança vers lui.

— Iori ?

Il reconnut la voix de son interlocuteur et hoqueta. La luminosité le blessa, cependant ce ne fut rien comparé à la joie qu'il éprouva.

— Comment est-ce possible !? s'exclama-t-il.

— Tu es vivant…

Nobu l'enlaça, puis ordonna aux serviteurs qui l'accompagnaient de l'aider à quitter les lieux. Faible, Iori marcha difficilement. Nobu à ses côtés, il fut conduit à l'extérieur de sa prison, puis emmené au palais impérial. Là-bas, ses appréhensions moururent au fur et à mesure que l'on s'occupait de lui ; il fut lavé, nourri et installé dans un grand lit en bois. Quand sa mère le rejoignit, fraîche et bien portante, son cœur explosa de bonheur, à tel point qu'il remercia les esprits pour sa chance. Il n'était informé ni de ce qui s'était passé au cours de sa captivité ni de l'endroit où était l'Empereur, mais à voir le sourire de Nobu, il fut certain d'une chose : le plus dur était derrière lui.

Aussi, quand le jeune homme le trouva le lendemain, Iori ne lui posa pas de question afin de lui offrir le loisir de s'expliquer.

— Je suis désolé, Iori.

— Désolé ? s'étonna-t-il. Tu m'as sauvé, Nobu !

— J'aurais dû agir plus tôt. Pour toi. Pour l'Empire. En ma qualité de futur dirigeant, je n'avais pas le droit de fermer les yeux.

— On t'a fermé les yeux, tu n'y es pour rien ! Tu es venu me délivrer. Tu t'es occupé de ma mère, c'est tout ce qui importe. J'ignore même comment tu es parvenu à la localiser ! Je ne t'avais rien dit. Je…

— Je l'ai cherchée, l'interrompit son ami. Ou plutôt, j'ai cherché n'importe qui pouvant me révéler où tu étais.

— J'ai l'impression que tu as beaucoup à me raconter.

Nobu acquiesça, puis commença son récit. Peu de temps après avoir été confiné dans ses appartements, il avait saisi qu'il était l'héritier, qu'il avait le pouvoir de changer la donne. Il avait choisi de prendre son courage à deux mains. Avec l'appui d'un domestique, il s'était échappé et était allé parler au peuple. Bien que cela le déchirait, il avait organisé la rébellion qui avait détrôné son père.

Une fois destitué, celui-ci avait refusé de lui indiquer le lieu où Iori était retenu. Inapte à tuer l'Empereur malgré tout le mal qu'il avait commis, Nobu l'avait donc isolé au palais, puis s'était juré de sauver son confident, avec ou sans son aide. Des jours durant, il avait ainsi parcouru tous les endroits où Sa Grâce était capable d'enfermer quiconque, jusqu'à le découvrir enfin.

— Merci, murmura Iori. Merci d'être venu me chercher.

— Le contraire n'était pas envisageable.

— Je ne suis qu'un villageois.

— C'est faux. Tu es mon ami et plus que cela. Et puis… je suis l'Empereur dorénavant et je souhaiterais que tu m'assistes dans ma tâche.

— Moi ?

— Tu m'as aidé à appréhender la vérité, Iori. Tu es franc avec celui qui est aveugle et désire le rester. Tu as cru en moi, tu m'as encouragé. Tu n'as pas hésité à défier mon père. L'Empire a besoin d'une personne comme toi… j'ai besoin de toi. Si tu le veux, tu deviendras mon premier conseiller.

Le regard de Nobu vacilla. Iori devina qu'il craignait un refus. Il comprit également pourquoi il était si apaisé en sa présence : il l'aimait. Le chasseur sourit ; au fond, peut-être le savaient-ils tous deux depuis un long moment.

— Bien sûr que j'accepte, le rassura-t-il. Ce sera un honneur de te servir. En tant qu'Empereur et plus. Je donnerai ma vie pour toi et n'imagine pas mon existence sans toi à mes côtés.

Sans qu'ils en soient réellement conscients, leurs mains se joignirent et leurs doigts s'entremêlèrent.

*

Plus loin, à l'ombre de la forêt, le Kirin sentit qu'un grand changement s'opérait pour l'Empire dans lequel il avait toujours vécu. Apaisé, il ferma les paupières : le choix qu'il avait fait dix-neuf ans plus tôt se révélait être le bon.

Brise et Écume

Il était une fois, au cœur de la cité des nuages, une fée de l'air prénommée Brise. Douce et bienveillante, elle était la fille unique du roi des Vents et résidait avec lui au sein du palais cotonneux. À l'instar de ses congénères, elle façonnait les cumulus et soufflait sur ceux qui s'étaient trop éloignés de la cité afin de les débarrasser de l'eau dont ils s'étaient gorgés. Cependant, son existence ne la satisfaisait pas.

Brise n'était pas comme ses semblables. La plupart des fées de l'air possédaient un caractère léger ; insouciantes et guillerettes, elles cohabitaient dans la joie et l'allégresse sans se préoccuper de quoi que ce soit et n'envisageaient pas de mener un quotidien différent du leur. En tant qu'héritière du roi des Vents, Brise était pourvue d'un esprit plus fin et d'un naturel aussi curieux que réfléchi. Elle n'ignorait pas qu'un jour, lorsqu'elle serait reine, de telles qualités lui serviraient pour veiller sur son peuple. Mais contrairement au vœu du souverain, elle ne s'intéressait pas à la cité, car elle lui paraissait fade. Son attention, au lieu de se porter vers les meilleurs moyens d'améliorer la vie des siens, était dirigée sur l'univers qui se trouvait sous leur lieu de résidence : le monde du dessous.

Grâce à sa grand-mère et aux légendes qu'elle lui racontait lorsqu'elle n'était qu'une enfant, elle savait qu'il était fabuleux ; il changeait de forme et de couleur et l'on pouvait y rencontrer des êtres incroyables. Son père lui interdisait d'y aller, arguant qu'elle n'y avait pas sa place. Mais les années passaient et Brise se languissait de ce lieu et de ses merveilles. Elle aspirait à le découvrir de ses propres yeux.

Un jour, alors qu'elle discutait avec son ami le plus proche – une fée avisée et prudente qu'elle affectionnait beaucoup –, elle lui confia :

— Je donnerais n'importe quoi pour partir de mon pays blanc et explorer le monde du dessous.

Zéphyr – c'est ainsi qu'il se prénommait –, lui répondit :

— Ma pauvre Brise, es-tu donc devenue folle ? Ne comprends-tu pas la chance que tu as d'être amenée à gouverner notre cité ? La chance que nous avons d'évoluer dans un endroit si pur, à l'abri de tout ?

Zéphyr croyait en ses paroles. Il aimait son existence et n'imaginait pas qu'un ailleurs meilleur soit réel. Depuis toujours, il tentait de le faire saisir à Brise, de lui montrer les splendeurs de leur habitat. Il aurait souhaité qu'elle soit de son avis ; néanmoins, en la voyant au fil des semaines perdre peu à peu de sa joie et se lamenter sur un univers qui lui était inconnu, il en vint à prendre pitié d'elle et décida de l'aider.

Un après-midi, il expira si fort dans un nuage que celui-ci se troua. Il l'appela ensuite et lui dit :

— Va. Je m'occuperai de ton père afin qu'il ne remarque pas ton absence. Je ne te demande que deux choses. Sois prudente et rentre avant que la nuit ne soit tombée.

Au comble du bonheur, Brise lui baisa la joue, puis plongea dans l'ouverture.

*

Le monde du dessous était époustouflant ! Brise fut immédiatement attirée par ses gigantesques aires vertes, tantôt lisses et infinies, tantôt emplies de taches colorées. Elle n'avait jamais aperçu autant de nuances réunies en un seul endroit ! Elle s'émerveilla face à une créature constituée de plumes capables de se déplacer dans les airs aussi bien qu'elle, s'émut en percevant l'odeur dégagée par des végétaux aux teintes variées et superbes – dont elle apprit le nom plus tard : des fleurs. Elle pleura de joie tandis qu'elle s'imprégnait d'un puissant sentiment de liberté. Elle avait si souvent rêvé du lieu et il était enfin là, juste devant elle !

Tout en le survolant, elle reconnaissait çà et là des éléments qui figuraient dans les contes que sa grand-mère lui avait naguère narrés. Il y avait tellement à découvrir qu'elle ne désira s'arrêter à aucun instant ; elle n'oubliait pas qu'elle devait être de retour dans la cité avant le coucher du soleil.

Brise vola tant et si bien que la Terre prit fin. Elle jura halluciner quand une large étendue bleue jaillit dans son champ de vision. Nulle histoire n'en parlait ! La fée de l'air ne se rendit pas tout de suite compte qu'elle avait freiné son allure pour s'en approcher. Elle était subjuguée.

Des éclats dorés se mouvaient sur la surface bleutée. Ils bougeaient en permanence ; on aurait dit qu'ils scintillaient. Brise voulut les contempler de plus près, mais elle nota la position du soleil dans le ciel. Il était hélas l'heure de partir.

Son cœur lui hurla de rester, lui jura qu'elle n'avait pas tout admiré. Cependant, sa raison fut plus grande. Elle ne pouvait prendre le risque d'attirer des ennuis à Zéphyr. Elle rentra donc chez elle et le rejoignit au palais, où elle le trouva en pleine discussion avec le roi. Elle avait conscience que son père l'estimait beaucoup ;

par moments, elle soupçonnait qu'il aurait préféré que Zéphyr soit son enfant. Elle attendit d'être seule avec son ami afin de le remercier une fois encore, puis elle se coucha, heureuse d'avoir le temps d'un jour accompli son vœu.

Le lendemain lui parut morne et interminable tant la cité et la routine qu'elle y menait furent sans intérêt comparé à ce qu'elle avait observé et fait la veille. Le monde du dessous lui manquait, en particulier les éclats dorés. Brise brûlait d'en apprendre plus. Ils lui étaient apparus en songe, l'invitaient à repasser les saluer. Elle se projetait sans cesse auprès d'eux !

Lorsqu'elle en rêva une nuit de plus, elle supplia Zéphyr de divertir son père une journée entière, afin qu'elle quitte la cité à l'aube et gagne l'endroit qui l'intriguait. Elle insista si longuement qu'il accepta, malgré son inquiétude de la savoir si éloignée de chez eux.

Brise le remercia, puis fonça sous les nuages et rejoignit le lieu qui l'enchantait. Quelle ne fut pas sa déception lorsqu'en arrivant à destination, elle constata que les éclats dorés n'étaient plus là !

Elle s'approcha du grand bleu et sursauta lorsqu'elle y avisa un être écaillé. Ainsi, il existait un monde sous le monde du dessous ? C'était inconcevable ! Sa stupéfaction fut si intense qu'elle en resta figée plusieurs secondes.

Sa curiosité la poussa ensuite à se diriger vers le nouveau venu, mais il ne réagit pas à ses gestes. Il s'enfonça davantage sous le miroir mouvant et Brise le perdit de vue. L'absence du soleil ne l'aida pas à le retrouver.

Comme pour exaucer ses prières, l'astre pointa le bout de son nez. Ô surprise : les éclats dorés revinrent avec lui ! Brise oublia la créature à écailles. Le chatoiement de ces milliers de diamants l'obnubilait. C'était si beau ! Même ses rêves n'avaient pas été aptes à leur rendre justice. Elle s'en rapprocha et chercha à comprendre ce qu'ils étaient. Se situaient-ils sous l'écran bleu ou au-dessus ? Elle était incapable de le dire. Avec lenteur, elle avança son bras dans leur direction et le tendit. Si seulement elle parvenait à en attraper un…

La brûlure la piqua dès que sa paume toucha l'un d'eux. Elle s'éloigna en hurlant. Pourquoi l'éclat l'avait-il agressée !?

La douleur ne s'amenuisait pas. Elle n'était pas normale, Brise le pressentait. Alors, bien que cela la déçoive, elle se résolut à rentrer à la cité. Forcée de frapper chez la fée infirmière, elle crut qu'il serait possible de lui mentir, mais elle se trompait. Dès qu'elle eut aperçu la blessure, la guérisseuse courut avertir le roi. Il la rejoignit aussitôt ; la colère animait ses traits d'ordinaire si doux. Zéphyr surgit derrière lui.

— Malheureuse ! s'exclama le souverain. Ne

t'ai-je pas interdit de descendre dans le monde du dessous ? Ne t'ai-je pas dit qu'une fée de l'air n'y avait pas sa place ?

— Si, père…

— Comment t'y es-tu rendue ? Réponds !

Brise se refusa à impliquer son ami. Elle n'ignorait pas à quel point sa proximité avec le roi comptait à ses yeux.

— J'ai rejeté de l'air dans un nuage afin d'ouvrir un passage.

— Inconsciente ! Un être éthéré qui s'approche ainsi de l'eau… Es-tu folle, ma fille ? Où es-tu allée pour blesser toute ta main de la sorte ?

— De l'eau ? s'exclama-t-elle. Elle semble si différente dans la grande étendue bleue !

Quand elle réalisa la portée de ses mots, il était trop tard. Le mal était commis : la colère de son père redoubla. En punition de sa désobéissance et de son imprudence, il la fit enfermer dans le palais cotonneux, où elle se lamenta sur son sort.

Plusieurs jours furent nécessaires, ainsi que l'aide de Zéphyr, afin que le roi accepte de la laisser sortir, et uniquement contre sa promesse de ne plus quitter la cité. Toujours sous le choc de sa mésaventure et lasse de son isolement, Brise la donna sans hésitation.

*

La fée tint parole et demeura à la cité. Hélas, plus les jours s'écoulaient, plus la grande étendue d'eau l'appelait. Elle avait beau se répéter qu'il s'agissait d'un endroit dangereux pour elle, le scintillement des éclats dorés lui manquait. Sa curiosité la poussait à appréhender ce qui se cachait sous la surface bleutée, dans les profondeurs. Cela l'obsédait tellement qu'elle ne pensait plus à rien d'autre.

Brise avait déjà vu de l'eau ; elle en regardait tous les jours tomber des nuages sur lesquels elle et ses congénères soufflaient. Toutefois, celle qu'elle avait trouvée était différente. Mystérieuse. Elle l'intriguait, l'invitait à percer ses secrets.

Un soir, Brise n'y tint plus : il fallait qu'elle la regagne ! Ainsi, le lendemain, dès que l'aube se leva, elle fut prête. Elle n'eut pas besoin de demander à Zéphyr de distraire son père, car il passait dorénavant beaucoup de temps en sa compagnie. Le roi l'adorait ; elle savait qu'il le considérait comme son fils, heureux de remarquer que quelqu'un s'intéressait à la cité et au bien-être des fées de l'air autant que lui.

Le trou par lequel elle s'était déjà faufilée avait été rebouché. Elle prit exemple sur son ami et en creusa un autre, puis elle s'échappa. Elle fila encore plus promptement que la dernière fois afin de rejoindre l'eau.

Elle prit soin de maintenir une distance raisonnable entre l'élément et elle, même lorsqu'un être écaillé vint la saluer et que les éclats dorés se manifestèrent. Brise se contenta d'observer et de s'interroger sur ce monde de profondeurs dont l'accès lui était interdit.

Bientôt, un nouvel animal se déplaça sous l'écran bleu. S'il ressemblait un peu à son prédécesseur, il était plus grand et dépourvu d'écailles. Sa tête, quant à elle, se terminait par un museau allongé. Il bougeait à vive allure ! On aurait presque pu imaginer qu'il jouait. Quand il jaillit hors de l'eau, Brise hoqueta de surprise. Quel être fabuleux ! Elle l'admira retomber dans les flots. Puis elle oublia sa prudence et s'approcha. Il la détecta et avança dans sa direction. Elle prit peur qu'il ne veuille l'avaler, mais il sauta à ses côtés et poussa un cri joyeux. Elle comprit qu'il désirait folâtrer avec elle.

Durant de longues minutes, elle accompagna ses cabrioles et vola aussi vite qu'il nageait. À son instar, elle riait. Elle ne s'était jamais tant amusée ! Hélas, l'heure de rentrer chez son père survint et elle dut à regret saluer son ami, non sans lui promettre de revenir dès que possible.

Ce jour arriva rapidement. Profitant du fait que le roi accueillait une fois de plus Zéphyr au palais, Brise se précipita jusqu'à l'immensité bleutée. Son compagnon aquatique n'y était pas. Néanmoins, elle refusa de se laisser abattre. Peu importait si elle était seule, il lui restait tout à découvrir ! Elle fila vers l'horizon, à un mètre de distance de l'eau. Les éclats dorés l'accompagnaient et scintillaient sur son passage ; on aurait dit qu'ils acclamaient son retour parmi eux. Brise leur sourit, heureuse. Elle préférait être ici avec eux que dans la cité. Modeler des nuages et les débarrasser de la pluie qui les gorgeait parfois n'étaient pas ses activités favorites, loin de là.

Soudain, un mouvement l'attira. Au loin, l'eau remuait et formait de petits tourbillons. Intriguée, elle s'approcha. Elle avait retenu une chose : le liquide n'ondoyait que lorsqu'un être s'y déplaçait. Qu'elle avait hâte de rencontrer une autre forme de vie !

Brise se figea lorsqu'elle avisa une seconde fée, sous la surface. C'était impensable ! Pourtant, une créature en tout point semblable à elle nageait sous les flots, insensible à sa présence. Elle n'avait pas l'air de souffrir. Son corps était en parfaite harmonie avec l'élément aqueux, comme le sien l'était avec l'air. Sa chevelure était plus longue que la sienne ; l'eau lui donnait de jolies ondulations. Brise la trouva immédiatement très belle.

Sa consœur s'amusait. Les jambes tendues, les bras joints au-dessus de son crâne, elle tournoyait et façonnait les tourbillons qu'elle avait remarqués plus tôt. Brise n'était pas en mesure de l'entendre, mais elle aurait juré qu'elle riait.

Séduite par son apparition, elle s'approcha. Elle masqua le soleil et, de ce fait, capta son attention. Dès qu'elle la repéra, la fée ouvrit la bouche dans une expression stupéfaite ; plusieurs bulles s'en échappèrent. Puis elle nagea vers les profondeurs. Brise pesta. Elle n'avait pas eu à cœur de l'effrayer ! Au contraire, elle brûlait de savoir qui elle était, et surtout de quelle façon elle avait réussi à aller sous l'eau sans se blesser – un exploit dont elle n'était pas capable.

Nerveuse et excitée, elle scruta l'étendue mouvante et espéra que sa comparse se montre derechef. Au bout d'un moment qui lui parut interminable, celle-ci pointa le bout de son nez. Elle n'osa s'approcher trop près ; on aurait pu croire qu'elle craignait que Brise ne lui fasse du tort. Elle restait immobile et ne la quittait pas des yeux.

— Je ne te souhaite pas de mal, déclara la fée de l'air.

Pour agrémenter ses paroles, elle la salua d'un petit signe de la main. Ses lèvres se rehaussèrent lorsque sa congénère agita la sienne. Le geste était faible, rapide. Cependant, il était bien là. Elle n'en demandait pas plus.

— Viens, l'implora-t-elle, autant avec sa voix qu'avec sa paume.

Brise l'observa avancer vers elle avec timidité. Son cœur se gonfla de joie. Elle désirait tout découvrir de sa personne ! Hélas, la fée ne sortit pas de l'eau. Elle se contenta de la dévisager, aussi intriguée qu'elle-même. Face à face d'un côté ou de l'autre du miroir mouvant, chacune avait l'impression de contempler un reflet irréel, mais ô combien fascinant. Leur échange silencieux dura de longues secondes avant que l'habitante des cieux n'ose le briser :

— Qui es-tu ?

Cela la taraudait depuis qu'elle l'avait aperçue. D'un mouvement, sa consœur lui indiqua qu'elle ne l'entendait pas. Elle ouvrit toutefois sa bouche et, si Brise ne perçut aucun son, elle devina qu'elle parlait. Deux ou trois minutes plus tard, son ami sauteur apparut à sa droite et s'entretint avec la fée. Puis sa tête creva l'eau. Alors, il lui tint ce langage :

— Répète tes propos et mon dauphin me les transmettra.

Un dauphin ! Le terme était merveilleux ! Enchantée, Brise posa à nouveau sa question et attendit qu'il soit de retour pour en obtenir la réponse.

— Je m'appelle Écume et je suis une fée de l'eau. Mais toi, qui es-tu ? Et comment parviens-tu à nager au-delà de l'océan ? L'air devrait t'être fatal !

L'océan… Voilà donc la nature de l'étendue aqueuse ! Le mot était mystérieux, profond. Il correspondait parfaitement à ce qu'il désignait.

— Je suis une fée de l'air et il ne saurait me blesser. L'eau, si. Je me nomme Brise.

— Tu es la première fée que je rencontre au-dessus de la surface.

— Nous résidons dans la cité des nuages, dit-elle en pointant le ciel. Rares sont les nôtres qui voyagent dans le monde du dessous.

Brise vit son interlocutrice rire, mais fut contrainte d'attendre l'intervention du dauphin afin d'en saisir la raison.

— Ce que tu baptises monde du dessous, nous l'appelons territoire du dessus.

Elle rit également, puis demanda :

— Où habites-tu ?

— Dans un coquillage, au royaume perlé. C'est un endroit magnifique ! De temps en temps, j'aime venir me prélasser ici. L'eau y est plus chaude grâce au soleil.

L'imagination de Brise s'enflamma. Elle voulait tout découvrir du royaume perlé. Écume se montra curieuse concernant la cité et, durant de nombreuses heures, les deux fées échangèrent sur leur lieu de vie.

Quand arriva l'heure de se quitter, elles convinrent de se retrouver le lendemain.

*

Les jours se succédèrent. Dès que le roi avait le dos tourné, Brise filait dans le monde du dessous et rejoignait Écume, avide d'en apprendre davantage sur elle et l'océan. Celui-ci la séduisait toujours plus. S'il ne constituait pas un tel danger, elle y plongerait pour que son amie lui montre ce dont elle lui avait déjà parlé. La compagnie d'Écume la ravissait. Elle ne s'était encore jamais sentie si bien avec quelqu'un. La fée de l'eau la comprenait et l'encourageait à découvrir les merveilles qu'il y avait au-delà de la cité.

Plus les jours passaient, plus Brise l'appréciait. Les nuits au palais lui semblèrent longues à force d'attendre l'occasion de regagner l'océan. Son père ne soupçonnait rien de ses escapades, tout occupé qu'il était à présenter ses tâches de souverain à Zéphyr. Lui aussi ignorait ce qu'elle faisait de ses journées ; il présumait que sa bonne humeur était un signe : elle acceptait enfin son quotidien dans les nuages. Comme il avait tort !

Pourtant, au fil des jours, Brise perdit de son enthousiasme. Son sourire se fana, elle pleurait la nuit. Ses rencontres avec Écume lui devenaient indispensables. Elle se rendait compte qu'elle l'aimait. Les profondeurs marines l'attiraient indubitablement, et avoir conscience qu'elle ne pourrait pas les visiter ni être avec son amie lui lacérait le cœur. La cité lui donnait l'impression d'être fade, au point qu'elle enviait presque ses congénères insouciantes. Savoir qu'il existait un monde plus beau mais inaccessible s'apparentait à de la torture. S'il n'y avait eu la présence constante d'Écume à ses côtés lors de ses sorties, sans doute aurait-elle regretté d'avoir un matin quitté le confort du palais.

Son désespoir était si grand qu'il s'éleva jusqu'à atteindre le royaume des étoiles, là où l'âme des fées de l'air décédées reposait. La reine des Vents, sa défunte mère, le perçut. Touchée, elle attendit qu'une nuit sans lune survienne afin de descendre dans la cité des nuages, à l'abri de tout regard. Dès qu'elle fut dans sa chambre, Brise se réveilla. Elle demeura muette face à cette apparition, les larmes lui montèrent aux yeux. Sa mère lui manquait tant !

— Ma chère fille, quelle souffrance de contempler ton malheur ! Ton statut d'héritière et les qualités qu'il amène ressemblent plus à un fardeau qu'à une bénédiction pour toi. Je gage que mon tendre époux le remarque, mais que son esprit s'obstine à lui assurer que cela te passera.

» Hélas, tu n'es pas faite pour la vie dans la cité. La lune t'a effleurée à ta naissance, nous aurions dû y voir un présage. L'océan t'appelle malgré les dangers. Je lis dans ton cœur le désir d'être une fée de l'eau. J'y lis également ton amour pour Écume, qui t'attire chaque jour un peu plus vers elle et son habitat.

Brise hocha la tête, émue de dévisager sa mère et d'entendre de tels mots. Quel bonheur de constater qu'elle la soutenait ! Elle compatissait et ne la jugeait pas ; la fée n'aurait pu espérer un meilleur cadeau. Elle souhaita la remercier, cependant l'âme reprit la parole :

— Je suis venue dans le but de t'aider à concrétiser ton rêve.

— Est-ce possible ?

Brise avait peur d'y croire.

— Je possède désormais une partie de la magie des étoiles. Ne l'oublie pas, ma chère enfant. Ton vœu est sincère, ainsi je consens à l'exaucer. Toutefois, cela ne sera pas sans risque, je veux que tu le réalises.

— Je suis prête à tout, mère. Oh ! Je vous en prie, dites-m'en plus !

— Demain, dès l'aube, tu retourneras à votre point de rencontre et tu demanderas à Écume de tendre sa main hors de l'eau. Elle refusera, craignant de se blesser, mais tu la rassureras et l'imploreras de t'accorder sa confiance. Il ne lui arrivera rien.

— Comment ?

— Je lui aurai donné assez de magie des

étoiles, l'air ne l'atteindra pas. Mais il ne faudra pas le lui révéler, au risque de ne pas réussir à t'enfoncer dans les flots. Seule la foi de ton amie augmentera les pouvoirs que je t'aurai cédé. Si Écume accepte de sortir le bras de son élément naturel, tu n'auras plus qu'à lui agripper la main et tu seras en mesure la suivre sous l'océan.

— Merci, mère !

— Prends garde de ne pas lâcher ton amie durant un jour et une nuit, sans quoi la magie sera rompue et tu redeviendras une fée de l'air. Passé cette échéance, l'eau sera ton essence.

Le cœur en fête, Brise opina. Écume aurait foi en elle, elle en était certaine. Elle se transformerait en fée de l'eau et explorerait l'océan en sa compagnie, elle se le promettait !

— Dors maintenant, mon enfant. L'aube n'est plus très loin et tu as besoin de sommeil.

Puis, sans lui donner le temps de répondre, l'apparition rejoignit le royaume des étoiles.

*

L'aube trouva Brise éveillée et excitée. Elle ne parvint pas à attendre que Zéphyr retrouve son père au palais pour filer vers le monde du dessous et vers l'océan. Dès qu'Écume la rejoignit et que le dauphin eut pointé son museau hors de l'eau, elle prit la parole :

— Écume, ma tendre Écume, agrippe mon poignet, je t'en prie.

Tel que sa mère l'avait prédit, son amie protesta. Elle lui rappela que l'air lui était mortel, mais Brise la rassura : si elle avait confiance en elle, elle ne souffrirait pas. Bien qu'anxieuse, Écume s'exécuta. La fée de l'air lui attrapa la main et se laissa entraîner sous la surface en fermant les yeux. L'immersion était une sensation étrange, mais pas désagréable. Elle ouvrit les paupières et enlaça Écume.

Elle s'empressa alors de lui raconter la visite de sa mère. La créature des profondeurs en hurla de joie. Elle ne désirait rien d'autre que de l'accueillir chez elle. Si elle était la personne la plus proche de Brise, l'inverse était aussi vrai. Tout comme elle, Écume s'était lamentée sur l'impossibilité pour elles d'être réunies.

— Merci, souffla Brise.

— Remercions l'esprit de ta mère, sans qui cela serait resté un doux rêve. Veux-tu découvrir l'endroit où j'habite ?

Elle acquiesça. Si elle n'avait pas été sous l'eau, nul doute qu'elle aurait pleuré son allégresse. Enfin, son vœu s'exauçait !

Toute la journée, Écume lui fit explorer le monde dont elle lui avait tant parlé jusque-là. C'était plus beau que dans son imagination ! Et le soir venu, elles gagnèrent sa maison coquillage et se couchèrent tôt, épuisées par les émotions récentes.

Juste avant de clore ses paupières, Brise serra plus fort la main de son amie. Elle ne rentrerait pas à la cité des nuages. Plus qu'à n'importe quel moment, elle était sûre des désirs de son cœur.

*

Tandis que Brise dormait, le roi des Vents, qui ne l'avait pas aperçue de la journée, s'inquiéta de son absence. Il la chercha dans la cité sans succès. Même Zéphyr, pourtant proche d'elle, ignorait l'endroit où elle était. Néanmoins, pétrifié à l'idée qu'il lui soit arrivé malheur, il émit l'hypothèse qu'elle ait pu retourner dans le monde du dessous. Le souverain y envoya des émissaires.

Ils revinrent porteurs d'une mauvaise nouvelle. Brise s'était enfuie et leur était inaccessible. Le roi se sentit trahi. Il vit rouge ; sa crainte d'avoir perdu son unique fille fut engloutie par sa colère. Il descendit de la cité et vola jusqu'à l'océan, juste au-dessus du lieu où elle couchait. Là, il souffla, souffla et souffla encore sur l'eau afin de l'écarter. Il souffla et atteignit les fonds marins ainsi que le coquillage d'Écume. Ne sachant ce qu'il en était de sa progéniture, il le garda immergé en grande partie et frappa contre son sommet. Puis il cria :

— Ma fille, tu as trente secondes pour émerger de là et te rendre au palais avec moi.

Affolée, Brise répliqua qu'elle n'avait pas envie de le suivre, que sa place était désormais ici. La peur et la fureur de son père augmentèrent.

— Rentre de ton plein gré, ou j'amène cette habitation dans la cité ! Un jour, tu seras forcée d'en sortir.

Elle réalisa que si elle ne s'exécutait pas, Écume mourrait, incapable de survivre hors de l'eau. En pleurs, elle lui dit adieu et la serra une dernière fois dans ses bras. Toutes deux quittèrent ensuite le coquillage, puis Brise gagna la surface et lâcha à regret la main de son amie. Le roi l'emporta aussitôt avec lui, laissant l'océan se reformer sur la fée de l'eau esseulée.

*

On enferma Brise dans sa chambre. Si les visites lui furent autorisées, sortir de la pièce lui fut interdit et ses repas lui étaient apportés ; son père ne prenait aucun risque.

Les jours passaient et elle dépérissait. La nourriture ne la tentait pas. Elle parlait peu, pleurait souvent. Il ne s'écoulait pas une minute sans qu'elle pense à Écume, qui lui manquait plus que l'océan. Elle pressentait qu'elle ne la reverrait pas. Sa mère avait gaspillé sa magie en vain… elle ne deviendrait jamais une fée de l'eau.

Zéphyr, au courant de tout, la rejoignait chaque jour et la consolait. Il s'en voulait terriblement. S'il avait su à quel point elle désirait vivre là-bas, il n'aurait pas prévenu le roi. Il ne la comprenait pas toujours. Malgré tout, il ne souhaitait que son bonheur et ses larmes lui brisaient le cœur.

Un soir, alors qu'il sortait de la chambre, il n'y tint plus : il alla à la rencontre de son souverain, décidé à lui prouver qu'il avait commis une erreur. Brise ne serait pas heureuse si elle restait ici. Bien que cela leur procure de la peine, il fallait qu'elle dise adieu à la cité.

Le roi des Vents était dans la salle du trône. Quelle ne fut pas sa surprise de le trouver à la limite des pleurs ! Sa colère s'était évanouie. Il ne demeurait en lui que la crainte de perdre un être cher et la tristesse. Zéphyr s'approcha, ignorant quelle attitude adopter.

— J'ai rendu ma fille unique malheureuse, lui déclara le roi. Chaque jour, je la regarde mourir davantage. Je l'aime et refuse de la céder à l'océan. Mais je ne supporterai pas de la voir si affligée. J'étais convaincu que sa lubie lui passerait avec le temps… Je me suis fourvoyé. J'ai commis une erreur en l'arrachant au monde qu'elle avait choisi. Quand ma reine est décédée, je lui ai promis d'agir au mieux pour notre enfant. Elle serait si déçue !

— Vous avez cru prendre la meilleure décision pour Brise, comme moi lorsque je vous ai aiguillonné vers elle. Personne n'est coupable, Majesté.

— Les paroles d'un sage, reconnut le monarque. Zéphyr… comment te conduirais-tu à ma place ?

La fée sourit. Il n'y avait qu'une solution.

— J'autoriserais Brise à retourner sous l'eau, puisque c'est là son vœu le plus cher. Si elle a pu s'y rendre une fois, recommencer est sans doute possible.

Zéphyr se noya dans ses réflexions, puis ajouta :

— Un jour, vous m'avez confié que les étoiles vous avaient accordé un peu de magie pour s'excuser de vous avoir enlevé votre reine. Faites-en usage.

Le roi ne répondit pas.

*

Brise ne comptait plus les jours qu'elle avait passés enfermée au sein du palais. Même les visites de son ami ne lui apportaient pas le moindre réconfort. Elle aurait préféré mourir plutôt que de mener l'existence qu'on lui proposait ici. Qu'elle aurait aimé que sa mère soit là ! La fée maugréait contre à son père, qui l'avait ramenée de force. Elle en arrivait à songer qu'il ne l'aimait pas et sacrifiait son bonheur afin qu'elle demeure à la cité.

Un matin pourtant, il la rejoignit. Brise ne l'avait plus côtoyé depuis qu'il l'avait cloîtrée dans sa chambre, aussi fut-elle surprise par l'affliction qu'elle distingua sur son visage. Sa rancœur en fut diminuée de moitié. Malgré ses actes, il restait le seul membre de sa famille en vie.

— Père, qu'avez-vous ? Vous semblez si mal en point !

— J'ai commis une erreur. Je ne supporte pas ton malheur.

Elle ne sut que répondre.

— Ma chère fille, n'apprécies-tu pas la cité ?

Son ton doux l'incita à la confidence.

— Si, bien sûr… Cependant, j'affectionne plus encore l'océan et ses merveilles. Pardonnez mes paroles, mon père : je ne serai jamais celle que vous voudriez que je sois. Dans mon cœur, je suis une fée de l'eau. J'ai longtemps été persuadée que l'aventure m'attirait, mais il s'agissait en vérité de l'élément qui m'appelait. J'ai goûté la joie là-bas et suis incapable de la ressentir chez nous. J'en suis navrée.

— La fée chez qui tu étais… te manque-t-elle ?

— Énormément. Écume… C'est bien plus qu'une amie pour moi.

Brise ferma les yeux. Elle s'attendait à la déception de son père, à des reproches. Elle était son héritière. En reniant son statut et ce qu'elle était, elle trahissait la cité ; elle en avait conscience. Toutefois, lorsque ses paupières se relevèrent, son regard ne croisa qu'un sourire.

— Va avec elle.

Les mots étaient tendres, insoupçonnés.

— Père ?

— C'est moi qui suis désolé, Brise. J'aurais dû remarquer ton malaise. Tu es ma fille et je n'aspire qu'à ton bonheur. Zéphyr m'a aidé à y voir clair. Je réalise que j'ai eu tort. J'ai déjà retrouvé Écume et l'ai informée de ma décision ; elle te rejoindra, en bas. Je désirais m'assurer que tu étais certaine de ce que ton cœur souhaitait. J'en suis maintenant convaincu.

— Mais l'eau. Je…

— Le roi possède quelques secrets : la magie de ta mère fonctionne à nouveau.

Brise hoqueta. Son père ne pouvait être au courant de ça !

— Comment…

— Zéphyr m'a tout raconté. Si tu es d'accord, je le nommerai héritier. Il fera un souverain avisé. Rassure-toi, si tu choisis de partir, personne ne t'arrachera à ton lieu de vie, je te le promets.

Brise sentit son cœur lui comprimer la poitrine. Elle sauta au cou de son père.

— Merci d'avoir compris…

Ce jour-là, après de touchants adieux, Brise retourna dans les profondeurs de l'océan, où elle vécut heureuse avec Écume. Pour autant, malgré ce qu'elle avait cru, elle ne devint pas entièrement une fée de l'eau et, ses origines ne s'effaçant pas, il lui arriva à de nombreuses reprises de souffler dans son nouvel environnement afin de donner naissance aux courants marins.

La fille de l'océan

Il y avait une fois, au cœur même des océans, un peuple d'elfes aquatiques. Ces êtres étranges, à la peau bleue ou verte, étaient munis de branchies ; leurs mains et leurs pieds étaient quant à eux palmés. Tous restaient loin des Hommes, car il leur était interdit de gagner la surface. Les elfes mages, qu'ils appelaient « les Sages », leur avaient raconté à quel point les Terriens étaient cruels et leur air pollué…

Parmi la population vivait une elfe bleue prénommée Korail. Elle aimait par-dessus tout les explorations ; chaque lieu découvert était à ses yeux une aventure. Elle aspirait en secret à fouler de ses pieds ce qu'aucune créature des mers n'avait arpenté depuis des siècles : le monde des humains.

Korail savait son rêve impossible. Afin de parcourir la Terre, il aurait fallu qu'elle ressemble à n'importe lequel de ses résidents. Or, sa différence était évidente, et nul n'ignorait la barbarie sans limites des Hommes. Malgré cela, lorsqu'elle était persuadée que personne ne pouvait la voir, il lui arrivait de gagner le rivage pour admirer le ciel, cet autre océan si lointain.

Plus le temps passait, plus ses escapades se révélaient fréquentes. Aussi survint-il un jour où elle manqua de prudence : un Sage la prit en flagrant délit. Il la sermonna et lui rappela les dangers qu'elle encourait, puis il la garda sous surveillance et ne la relâcha qu'après l'avoir fait jurer qu'elle ne retournerait pas là-haut.

Mais Korail rompit sa promesse. Sitôt qu'il la laissa, elle rejoignit l'air libre, où elle rêva d'un monde qui lui était inaccessible.

Un soir, tandis qu'elle admirait le coucher de soleil et se languissait de cet Inconnu qui l'appelait, ses prières furent entendues par Merlyne, la déesse des mers. Touchée par sa détresse, la divinité adopta l'apparence d'une personne âgée et la rejoignit.

— Bonjour, mon enfant.

— Bon… bonjour, balbutia Korail.

La vieillarde sourit et observa l'horizon. Puis, d'un ton grave, elle reprit la parole :

— As-tu foi en notre déesse ?

— Bien sûr ! Je n'existerai pas sans elle.

— Et te rends-tu souvent hors des flots ?

Suspicieuse, Korail ne répondit pas, mais Merlyne eut tôt fait de la rassurer en lui expliquant qu'elle n'était pas une amie des Sages. Alors vinrent les confidences ; la jeune elfe raconta à quel point elle aimait aller près du littoral et désirait explorer la Terre. Les mots jaillirent de son cœur, là où son envie naissait.

Merlyne devina qu'elle était sincère et se métamorphosa en une femme magnifique dont le corps avait l'air d'être composé d'eau. Elle était si belle ! Korail fut incapable de réagir lorsqu'elle comprit de qui il s'agissait.

— Parce que tu crois en moi, déclara son interlocutrice, je t'offre un don. Dès que tu poseras les pieds sur le sable chaud, ta peau deviendra blanche, tes cheveux noirs, et tes branchies se résorberont. Tes mains et tes pieds perdront leurs palmes, tu seras ainsi apte à voyager sur les chemins que tu convoites tant.

— Merci ! Oh merci !

— Mais prends garde à ne confier ton secret à personne, car celui qui le trahirait te condamnerait à regagner l'océan à vie...

À peine ces mots furent-ils prononcés que Merlyne disparut.

Demeurée seule, Korail n'osait réaliser sa chance ! Allait-elle être autorisée à fouler le territoire des Hommes ? N'était-ce pas un rêve ? Elle nagea avec précipitation vers le rivage, vérifia qu'il était désert. Tout en prenant son courage à deux mains, elle avança peu à peu hors de l'océan. Elle découvrit son buste, puis son ventre, et enfin ses jambes. Ses pieds quittèrent l'écume sans qu'aucun changement ne survienne, mais Korail refusa de perdre espoir. Elle marcha jusqu'à frôler le sable sec.

La douleur s'empara d'elle, foudroyante ! Elle s'écroula.

Son mal ne dura pas. Toutefois, il la laissa pantelante. Sa cage thoracique parut imploser ; elle avala de grandes goulées d'air et s'en étonna – quelle sensation surprenante ! Lorsqu'elle parvint à se relever, elle constata que ses doigts et ses orteils n'étaient plus palmés. Comme le lui avait promis la déesse des mers, son teint était désormais blanc. Sa chevelure bleu vert était maintenant aussi noire que l'encre.

— Merci, murmura-t-elle.

Enfin, elle allait explorer la terre. Enfin, son rêve se réalisait !

Le premier instant de joie passé, Korail prit conscience qu'il lui faudrait changer de tenue. Les humaines ne se promenaient sans doute pas vêtues de robes d'écailles, pas plus qu'elles ne portaient un serre-tête de perles. Cependant, elle devait d'abord quitter la plage.

Ses premiers pas ne furent que sensations. Elle perçut le vent dans ses mèches folles, sur sa peau, l'humus et l'herbe sous ses pieds. Elle entendit le bruit des vagues s'amenuiser, le chant des oiseaux, puis l'écho de la civilisation au loin. Tout, absolument tout, la fascina. De la petite cabane sur le haut de la colline à l'immense phare qui s'étendait plus loin, chaque découverte fut une aventure !

Korail détailla son nouvel environnement jusqu'à ce que le soleil vienne saluer sa présence et la réchauffe. Elle se mit ensuite en quête d'un vêtement ; elle évolua sur un chemin terreux et finit par en apercevoir plusieurs suspendus sur une corde. Si elle en fut surprise, elle saisit néanmoins sa chance : elle décrocha une robe fabriquée dans un tissu fin et remplaça sa tenue d'écailles.

Elle continua sa route et s'extasia devant tant de choses qu'elle remarqua trop tard le cheval qui fonçait droit sur elle. Elle ne put que se jeter sur le bas-côté avant que le cavalier et sa monture ne la renversent. L'individu ne s'arrêta ni ne se retourna !

Deux secondes après l'incident, un second cavalier arriva. Il s'immobilisa à sa hauteur, puis l'aida à se relever.

— Vous n'avez rien ?

L'elfe n'avait jamais vu un Homme de si près ! Il était… magnifique ! Étaient-ils tous si beaux ?

— Mademoiselle ? l'interpella-t-il.

— Oh… euh… non, je vais bien.

— Veuillez excuser mon frère. Il ne prête attention à rien lorsqu'il chevauche.

— Ce n'est pas grave.

— Pardonnez mon indiscrétion, mais il ne me semble pas vous avoir déjà croisée par ici.

— Je... je viens de loin, bafouilla-t-elle.

— Vous êtes courageuse de voyager seule. Dans une robe qui ne vous tient pas au chaud, de surcroît. Montez, je vais vous prêter ma veste le temps de vous trouver une toilette plus adaptée.

Intriguée et fascinée par « son premier humain », Korail le suivit sans protester. Elle apprit ainsi qu'il habitait avec son cadet. Étant donné qu'elle n'avait nulle part où aller, il l'invita à loger chez eux.

Pendant plusieurs jours, elle goûta au plaisir d'évoluer au milieu des Terriens et fit connaissance avec son hôte, Edward. Elle aimait particulièrement partir en promenade avec lui et ne manquait pas de lui parler de l'océan lorsqu'ils s'en approchaient.

Korail avait le sentiment que rien n'était en mesure de venir entacher sa joie ; pas même Ludovic, le frère de son ami, qui ne l'appréciait pas outre mesure...

*

Un jour pourtant, les elfes de son peuple notèrent sa disparition. Le mage qui l'avait surprise en flagrant délit la rechercha et, hélas, la repéra.

À ses yeux, il était inconcevable qu'une

habitante des mers quitte l'océan, surtout pour un endroit aussi mauvais et pollué que la Terre. Il usa donc de son pouvoir et prit à son tour une apparence humaine. Puis il se rendit dans le village où se situait la fugitive et patienta, dissimulé dans l'ombre. Lorsque la nuit tomba, il se faufila dans les rues jusqu'à la demeure des deux frères. Là, il recourut à un sort et ouvrit la porte. Korail ne fut pas difficile à localiser : elle dormait à poings fermés sur un lit de paille.

Afin qu'elle ne se réveille pas, il prit soin de lui jeter un charme de sommeil profond. Il la souleva et sortit de l'habitation. Une fois dehors, il pressa le pas ; il leur fallait regagner l'océan, ce monde lui donnait la nausée !

Tandis qu'il s'avançait sur la plage, fier de son succès, l'aîné des frères l'interpella.

— Lâchez-la ! lui ordonna-t-il.

Le Sage refusa.

— Elle n'appartient pas à ton peuple.

— Qui êtes-vous afin d'en décider ?

—Qui es-tu pour me défier ? As-tu conscience de ce qu'elle est ?

— Cela n'a que peu d'importance.

Le mage ne réussit pas à contenir un rire amer.

— Tu n'es qu'un ignorant. Rentre chez toi.

— Pas sans elle.

Exaspéré, il posa son fardeau au sol.

— Observe donc à quoi ressemble ta belle !

D'un geste de la main, il usa d'un sort qui rendit à Korail son apparence. Edward s'approcha et la détailla.

— Elle est plus jolie que je l'avais imaginé, murmura-t-il.

— Comment ? s'horrifia le Sage.

Malheur et sacrilège ! L'écervelé était-il tombé amoureux de l'elfe ?

— Je ne veux guère vous offenser, reprit son interlocuteur, encore moins bafouer votre autorité. Toutefois, je pense que c'est à Korail de décider où elle souhaite vivre.

— Idiot ! Si son secret est dévoilé, les nôtres courent à leur perte !

— Je vous jure que jamais je ne la trahirai.

— Je n'ai aucune confiance en toi.

Alors que le mage allait reprendre la jeune fille dans ses bras, prêt à la ramener chez elle, une lumière vive surgit de la mer. Il y vit tout de suite un signe de la déesse Merlyne et s'agenouilla.

— Cette femme est sous ma protection, clama une voix puissante. Rendez-lui son apparence et libérez-la. Le cœur de son ami est pur. Elle est informée des risques.

À contrecœur, le Sage accepta ; il n'était pas assez fou pour remettre en cause son autorité. Il réveilla donc la fuyarde et la mit en garde contre la cruauté des Hommes. Il disparut ensuite dans les eaux, où la déité le rejoignit après avoir béni le couple.

Sitôt qu'ils furent partis, Edward se précipita vers sa protégée.

— Korail !

— Edward. Tu n'as rien ?

— Je vais bien, n'aie crainte. Tu es en sécurité maintenant.

— Pourquoi avoir défié le Sage ? Tu aurais pu te contenter de le laisser m'emporter... Tu... tu n'es pas effrayé ? lui demanda-t-elle.

— Effrayé ?

— De savoir qui je suis.

— Je t'aime, c'est tout ce qui compte, avoua-t-il, sincère.

Korail écarquilla les yeux. Avait-elle réellement droit à ce nouveau bonheur ?

*

Ils se marièrent deux semaines plus tard. La gaieté régnait dans leur demeure ; seul Ludovic ne semblait pas se réjouir de leurs épousailles, car il percevait en Korail une véritable sorcière. Une sorcière qui avait ensorcelé son aîné.

Le lendemain des noces, mal à l'aise face à son hostilité, l'elfe interpella son aimé.

— Edward, je voudrais que tu me fasses un serment.

— Tout ce que tu désireras.

— Personne ne doit apprendre ma nature. Jure-moi de toujours garder le silence.

Edward promit et, pendant deux ans, ils vécurent dans un parfait bonheur ; même les efforts de Ludovic afin de les séparer n'entachèrent pas leur allégresse.

Un beau jour, à la joie générale, Korail mit un fils au monde. Mais dans les instants qui suivirent sa naissance, le bébé commença à étouffer ! Si son père voulut envoyer chercher un médecin, sa mère devina ce qui n'allait pas.

— De l'eau ! hurla-t-elle. Il lui faut de l'eau de mer !

Edward éloigna aussitôt son frère de l'enfant pour préserver la vérité et courut jusqu'à l'océan remplir une bassine. Dès que le nourrisson y fut immergé, il retrouva sa respiration et reprit des couleurs.

— Je suis la seule coupable, sanglota Korail. C'est à cause de ma véritable nature qu'il est ainsi…

Les semaines s'écoulèrent sans que Ludovic ou quiconque soit autorisé à voir le poupon. Bien qu'il n'en disait mot, Korail sentait que la situation attristait son époux. Une nuit, elle marcha donc jusqu'à la plage et pria :

— Merlyne, déesse protectrice des océans, je t'implore de me rejoindre.

Elle patienta ; hélas, rien ne se produisit.

— Il s'agit de mon petit. Je t'en conjure, aide-moi…

Une lumière fusa des eaux et la divinité en jaillit.

— Que se passe-t-il, mon enfant ?

Elle expliqua son problème. Son récit achevé, Merlyne lui tint ces propos :

— Amène ton fils ici demain soir, sans en parler, et abandonne-le-moi une nuit. Je te le rendrai encore plus Homme que tu ne l'es.

Korail en pleura de gratitude. Toute à son bonheur, elle ne repéra pas son beau-frère, qui l'avait talonnée et souriait désormais à cause de ce qu'il venait d'apprendre.

*

Le lendemain matin, Ludovic interpella Edward.

— Ta femme n'est pas qui elle prétend être.

— Baliverne, le chassa son frère d'un geste de la main.

— Elle est démoniaque ! insista-t-il. Elle va t'enlever ton fils.

Il n'eut guère le temps d'éviter la gifle que lui offrit son aîné.

— N'insulte plus Korail devant moi !

Fou de rage, le cadet se retira. Cependant, il n'avait pas l'intention d'en rester là. Il épia les moindres faits et gestes de Korail et remarqua sa nervosité. Quand, tard dans la nuit, il l'aperçut quitter le logis avec son neveu, il s'empressa de réveiller son frère. Constatant l'absence de son aimée et de leur progéniture à ses côtés, Edward consentit à lui emboîter le pas. Ils arrivèrent rapidement à la plage. Le jeune père ne parvint pas à retenir un hoquet de stupeur lorsqu'il avisa son épouse entrer dans la mer avec leur nourrisson !

— Observe ! exulta Ludovic. Je te l'avais dit : c'est une sorcière.

Aveuglé par ces paroles venimeuses, Edward hurla :

— Korail ! Que se passe-t-il ?

Surprise, elle le dévisagea, puis sourit.

— Rentre à la maison, je vais soigner notre petit.

— Elle ment ! s'écria Ludovic. Je l'ai entendue promettre à un être des eaux de lui amener ton premier-né.

— Korail ? l'interrogea son mari.

— Il faut que tu aies confiance.

— Sorcière ! vociféra le cadet des deux frères.

Fou d'inquiétude, Edward commit l'ir-réparable :

— Ce n'est pas une sorcière. Il s'agit d'une elfe des mers ! Rends-moi le petit et repars d'où tu viens, créature du mal !

Il regretta aussitôt ses propos. Hélas, il était trop tard. Korail recouvra sa véritable apparence et hurla la douleur de son cœur brisé. Le regard voilé par ses larmes, elle pivota vers l'être qu'elle aimait.

— Qu'as-tu fait ? Si seulement tu m'avais accordé ta confiance ! J'aurais été tienne pour toujours et notre enfant aurait grandi avec nous, humain à son tour. Mais tu as trahi ta promesse et il me faut maintenant regagner mon peuple…

Elle avança dans l'eau, puis se retourna une dernière fois.

— Adieu, Edward. Je te souhaite d'être heureux.

Avant qu'il réussisse à la rejoindre, elle disparut dans les flots et emporta leur fils avec elle.

*

Korail ne revint jamais sur le rivage. Néanmoins, les promeneurs racontent que le soir, il est possible d'entrevoir la silhouette d'un homme qui déambule seul sur la plage, telle une âme en peine.

À en croire leurs dires, lorsque le vent est clément, on peut également entendre la voix d'une femme chantant son amour perdu…

Un chant pour la fée

Il y avait une fois, au nord d'un vaste empire, un minuscule royaume sombre et froid. Ses terres étaient désolées et la famine y sévissait. Il était menu, pauvre, et nul ne se souciait qu'il soit dépourvu d'un château ou d'un monarque. Le bonheur avait déserté ses habitants, qui ne pensaient plus à rien hormis à leur survie.

Un jour pourtant naquit une petite fille qui, en grandissant, ne voulut pas céder au pessimisme de ses parents et voisins. Elle désirait croire en l'avenir, en de meilleurs jours. Lorsqu'elle sentait la tristesse et l'amertume s'abattre sur son être, elle chantait de tout son cœur ; elle ouvrait son âme à la mélodie et finissait toujours par recouvrer son allégresse. Parfois, elle arrivait à laisser entrer un court instant l'espoir dans le cœur des autres. Sa voix était divine et enchanteresse. Un soir, elle lui attira l'attention d'une fée.

Les bonnes dames s'aventuraient peu dans le

Nord tant les conditions de vie y étaient rudes ; ce fut donc un véritable miracle que l'une d'entre elles entende la jeune fille. Son timbre la charma immédiatement. Pour en jouer ainsi, il fallait à n'en pas douter avoir un cœur pur, une âme généreuse et courageuse.

Aussi la créature éthérée vint-elle à sa rencontre, émue. Elle lui demanda d'exercer son talent et la paysanne s'exécuta, ravie de son auditoire si spécial ; un si grand honneur ne lui avait encore jamais été octroyé ! Elle fit des vocalises durant des heures afin de plaire à son interlocutrice, et lorsqu'elle n'eut plus de souffle, la fée déclara :

— Parce que ton cœur est pur et que tu m'as offert la sérénité, je t'accorde un présent. Parce que j'ai remarqué la tristesse de ton pays et parce que tu as eu le courage de prouver que la joie peut se trouver n'importe où, je vous accorde un présent à tous.

» Chante chaque soir pour moi, même si tu ne peux m'apercevoir, et les terres prospéreront. Les habitants ne manqueront de rien. Je te construirai un château et tu en seras la reine.

» Tu te tiendras à cette obligation jusqu'à ce que ton âge ne te le permette plus. Là, tu désigneras l'être que tu jugeras apte à te remplacer, à gouverner ta contrée. À son tour, il chantera à mon intention et le royaume continuera à s'épanouir. Prends toutefois garde lors de ta décision, car quelqu'un dont l'âme n'est pas pure n'apportera que le malheur.

Au comble du ravissement, la jeune femme accepta et la remercia.

Le lendemain, son château n'attendait plus qu'elle. Elle y installa ses quartiers, pria sa famille de la rejoindre et, le soir venu, manifesta sa gratitude dans un concert de notes.

Bientôt, les récoltes grandirent, le soleil leur accorda régulièrement sa présence et les oiseaux se mirent à gazouiller ; la gaieté se propagea. Les temps sombres étaient révolus.

À la gloire de celle qui avait attiré les faveurs d'une « marraine » sur lui, le peuple construisit une scène au pied du palais, où elle transmettait sa bonne humeur.

Le bonheur gagnait enfin le royaume.

*

Un jour, la Reine se maria. Si la vie de son époux se révéla très courte, une magnifique pouponne naquit de leur union. La suzeraine vit en elle l'héritière qui chanterait à sa place et veillerait sur les résidents.

Mais plus elle grandissait, plus la Princesse se montrait égoïste. Tous les soirs, elle demandait l'autorisation de se produire sur la scène au pied du palais. Comme la souveraine sentait que son désir provenait de l'envie d'être acclamée et non du plaisir de moduler gammes et arpèges, elle s'y opposait.

À chaque « non » qu'elle obtenait, la Princesse commettait une vilenie, au grand dam de ses gens. La Reine n'avait de cesse de l'inciter à exercer son don partout ailleurs si le cœur lui en disait, à être bienveillante et courageuse. Hélas, elle ne voulait rien entendre et se refusait à jouer de sa voix si on ne l'ovationnait pas. On avait beau lui assurer que leur fée l'écoutait, elle avait à cœur qu'on la glorifie. Par amour pour elle, sa mère finit par l'autoriser à monter sur scène à ses côtés.

Durant de longues années, inlassablement, sa fille lui demanda quand viendrait le jour où elle serait seule devant le château. Il n'y avait que cet objectif qui l'intéressait, elle en oubliait de se soucier de ses leçons et du peuple. Avec tristesse, la Reine la regardait devenir de plus en plus égoïste. Une sombre pensée grignotait son cœur : si sa fille ne s'assagissait pas, elle ne pourrait pas la choisir en tant que prochaine dirigeante du royaume... Elle avait promis à leur « marraine » de nommer une personne bienveillante et courageuse aux commandes ; une personne dotée d'une âme pure. La Princesse était loin de posséder ces qualités.

Un matin, la régente décida de changer cet état de fait. Elle avait recueilli chez elle l'enfant d'une amie décédée. La petite était gentille, douce et avait toujours un mot agréable à la bouche. Peut-être sa compagnie aiderait-elle la Princesse à montrer plus de compassion ?

Sûre de son idée, la Reine la promut femme de chambre au service de l'héritière. Malgré la pléthore de sobriquets dont elle fut affublée, la jeune fille resta à ses côtés ; patiente et tendre, elle s'efforçait de lui offrir son amitié et de lui dévoiler la beauté du monde sans se plaindre un instant.

Les années passèrent sans que rien n'évolue au château. La Reine désespérait de voir sa descendante changer ; elle le souhaitait pourtant de tout son cœur, car elle n'était pas certaine d'avoir la force de tenir parole et de nommer un autre successeur. Quel que soit le caractère de la Princesse, elle n'en demeurait pas moins son enfant, et elle l'aimait. Ses chansons devinrent tristes, comme si elle implorait la bonne dame de l'aider.

Un jour, elle tomba gravement malade. Les médecins furent formels : elle n'avait plus que deux ou trois semaines à vivre.

Lorsque la Princesse et sa camériste vinrent la visiter sur son lit de mort, son être lui cria d'accomplir son devoir. Néanmoins, l'amour qu'elle portait à sa fille fut plus fort. La Reine rompit sa promesse et élut la Princesse à la tête du pays. Obligeant sa servante à la suivre, celle-ci se hâta de quitter la chambre pour se rendre sur la scène, ravie de pouvoir enfin y chanter seule et de montrer son talent.

Juste avant de trépasser, la souveraine pria l'être qui lui avait tout donné de lui pardonner sa faiblesse.

*

Du haut de ses seize ans, la Princesse se désintéressa du royaume et laissa les conseillers de feu sa mère le gérer. Cela ne la concernait pas, affirmait-elle. Son rôle à elle était de chanter pour qu'on l'écoute, afin d'attirer les grâces de la fée sur leur contrée. En vérité, elle était loin d'être un prodige, mais nul n'osait le lui dire de crainte qu'elle refuse de se produire et que le malheur s'abatte sur leurs terres ; chacun se rendait donc au pied de la scène et l'acclamait dès qu'elle se retirait. Au début de son règne, certains avaient redouté que la fausseté de ses notes détourne leur protectrice d'eux. Cependant, puisqu'aucun désastre n'était arrivé depuis lors, ils se taisaient également.

La Princesse, convaincue d'avoir le plus joli timbre au monde, se délectait des attentions qu'elle recevait. Tous les soirs, elle demandait à sa chambrière de brosser sa chevelure et de l'habiller. Celle-ci s'exécutait et ne cessait de la conseiller dans l'espoir que l'orgueilleuse s'intéresse aux soucis de son peuple, mais elle ne l'écoutait pas. Pire, elle l'insultait dès qu'elle le pouvait : « Tu n'es qu'une souillon. De quel droit peux-tu affirmer ce qui est bien ou non pour le pays ? », se moquait-elle. Souvent, elle la traitait d'incapable pendant qu'elle se mirait dans le miroir. Telle tenue ne la mettait pas assez en valeur. Telle coiffure lui donnait un air idiot. Elle n'était jamais satisfaite.

Un jour, lorsque sa femme de chambre lui confia aimer moduler, elle lui rit au nez. « Toi ? Ne sois pas ridicule. Tu ne sais rien faire. T'entendre doit offrir une affreuse migraine à notre fée ! Laisse ce rôle à qui il appartient : moi. Ta tâche à toi est de m'assister ! Encore que tu ne l'accomplisses pas sans soucis ! »

Même si la camériste était persuadée que le chant n'était pas le monopole de la Princesse, par dévouement envers elle, elle ne répondit pas et acquiesça. Si la bonne dame continuait à veiller sur les lieux, c'était que l'actuelle suzeraine lui convenait. Comme l'avait dit sa maîtresse, elle n'était qu'une souillon…

Elle refusa toutefois d'arrêter de s'exercer. Tandis que l'orgueilleuse descendait de ses appartements et se rendait sur la scène, face à ses gens qui l'acclamaient hypocritement, elle restait seule dans la chambre royale. Accoudée à la fenêtre, elle regardait la forêt environnante et laissait les notes quitter son cœur. Cet instant était son préféré de la journée. Juste elle, la nature et diverses émotions qu'elle évacuait avec un plaisir non feint. Personne pour la juger ou pour lui rappeler qu'elle n'était qu'une incapable.

Un soir, alors qu'elle gazouillait en attendant le retour de sa maîtresse, un oiseau vint se poser sur le rebord de la fenêtre et lui tint ces propos :

— Jolie jeune fille, pourquoi ne révèles-tu pas ta passion au peuple ?

— Mon bel oiseau, qui aimerait m'écouter, moi, une simple servante ?

— Notre fée, bien entendu, et sans doute beaucoup de monde ! Rends-toi sur la scène.

— Je ne le peux. La Princesse ne me le pardonnerait pas. Notre fée veut l'entendre.

— Tu te trompes, mon amie. Les bonnes dames sont attentives à ceux qui ont de la joie dans le cœur. Je suis convaincu que notre protectrice t'écoute déjà. Et elle a raison. Tu vocalises mieux que la Princesse. Sa voix est à son image : égoïste et superficielle. On devrait t'acclamer toi, dont l'âme est bienveillante et généreuse. Je t'en prie, rends-toi sur la scène. Rappelle à tous comment était l'époque où notre défunte régente exprimait son allégresse.

— Je suis désolée, je ne peux pas.

— Bienveillante et généreuse, oui, mais guère courageuse. Voilà une qualité que tu négliges et que la Reine possédait. Dans les temps les plus sombres du royaume, sa bravoure lui a permis de manifester le bonheur qu'elle avait en elle. N'oublie pas d'être hardie, mon amie.

Sur ces sages paroles, l'oiseau s'envola.

Trois jours durant, la chambrière songea à ce qu'il lui avait dit. Avait-elle vraiment du talent malgré les horreurs que la Princesse avait pu prononcer sur elle ? Manquait-elle de courage ?

Le quatrième jour, tandis qu'elle aidait sa maîtresse à s'habiller, elle osa évoquer le sujet avec elle. Elle ne lui dévoila pas tout, se contentant de lui parler de l'oiseau venu la complimenter et lui avouant son vœu de chanter. La Princesse lui rit derechef au nez. « Le pauvre animal doit être sourd ! Tu te crois digne de notre fée ? Voyons, tu n'es qu'une souillon ! Maintenant, va-t'en avant que je ne décide de te punir pour ton audace. »

Les larmes au bord des yeux, la domestique quitta ses appartements. Comment un être élevé par une souveraine si douce et aimante pouvait-il se montrer si blessant ? Elle n'avait plus qu'un seul désir : extérioriser sa tristesse à l'abri dans sa chambre.

Elle se figea à cette pensée, comme pétrifiée. Son ami l'oiseau avait raison… Elle manquait de courage ! Elle ne faisait pas qu'être gentille et patiente envers sa maîtresse. Elle s'écrasait, la laissait la démoraliser. Mais si la Reine lui avait enseigné une chose, c'était qu'aucune personne n'avait le droit d'en opprimer une autre. La musique ne se contrôlait pas : elle sortait du cœur lorsqu'on en ressentait le besoin ou l'envie, et la camériste voulait chanter. Pour elle. Pour les résidents. Pour leur fée. Pour son ami l'oiseau. Elle souhaitait qu'on l'entende, qu'on s'amuse avec elle. Si sa passion secrète apportait du réconfort à autrui, voilà qui était encore mieux. De quelle façon pouvait-elle savoir si elle possédait ou non un don si elle continuait à se cacher ?

La femme de chambre prit sa décision. Pendant que la Princesse terminait de se préparer, elle descendrait et exprimerait son rêve de liberté !

Elle dut puiser en des forces insoupçonnées afin de ne pas rebrousser chemin et arriver sur la scène. Le peuple ne dissimula pas sa surprise lorsqu'il la vit. Si elle n'avait pas repéré son ami l'oiseau sur une branche, sans doute n'aurait-elle pas trouvé le courage nécessaire pour ouvrir la bouche.

Rapidement, son allégresse l'emporta. Tant et si bien qu'autour d'elle, il n'exista plus rien que la mélodie. L'étonnement général ne se fit pas attendre devant une aussi jolie voix. Très vite, emplis de joie par cette douce musique, tous sourirent, dansèrent et se laissèrent transporter. Lorsque le chant cessa, ils applaudirent, émus. La cameriste était au bord des larmes, en paix avec elle-même.

Hélas, lorsqu'elle voulut quitter la scène, elle remarqua sa maîtresse en colère et baissa le regard. Elle craignit de l'avoir blessée. Chacun retint leur souffle quand l'orgueilleuse monta sur l'estrade et s'avança vers elle.

— De quel droit oses-tu !? tempêta-t-elle, le bras levé.

Alors qu'elle allait la frapper, une fée voleta jusqu'à elle. Fée qui se révéla être la bonne dame qui veillait sur le royaume. Nul ne l'avait aperçue après le décès de la Reine, aussi tous en demeurèrent muets. La Princesse se figea même dans son mouvement, hantée par les yeux inquisiteurs et furieux qui la fixaient.

La nouvelle venue prit le peuple à témoin :

— Observez qui est digne de régner sur vos terres. Observez à quoi ressemble un cœur pur.

Elle pivota vers la servante et ajouta :

— Mon enfant, sois fière de toi. Aujourd'hui, tu m'as offert ce que j'attendais depuis plusieurs années. Tu m'as prouvé que tu méritais de succéder à la Reine précédente.

» Ton âme est noble et courageuse. Chante pour moi jusqu'à élire un individu qui te remplacera. Chante pour moi comme tu as chanté dans l'ombre et n'aie plus crainte que l'on t'écoute.

La nouvelle dirigeante opina. La fée se tourna

ensuite vers la Princesse.

— Sache que j'ai pardonné à ta mère le manquement de sa promesse. En te désignant souveraine, elle a certes commis une erreur. Toutefois, elle ne l'a pas commise dans le but de me trahir, mais par amour. Je peux le comprendre. Ton âme est loin d'être pure et, malgré l'aide que l'on t'a apportée, tu n'as pas essayé de changer. Je suis contrainte de te destituer de ton titre. À l'instar de chaque homme et femme ici, tu pourras toujours t'exercer si le cœur t'en dit, seulement ce sera pour ton bonheur et non pas pour une gloire potentielle.

Ivre de rage, la Princesse protesta et insulta la créature éthérée sous les exclamations indignées des habitants. Sans crainte de représailles, ils la voyaient maintenant telle qu'elle était. Une langue de vipère.

L'apparence de la bonne dame devint plus menaçante lorsqu'elle lui répondit :

— Puisque c'est ainsi, déclara-t-elle, tu auras désormais l'aspect réel de ton âme.

Sous les yeux de la suzeraine et du peuple, l'arrogante femme se transforma en crapaud et s'empressa de fuir.

*

La camériste devenue Reine ne manqua jamais à sa parole. Elle vocalisa tous les soirs, incitant les siens à se joindre à elle s'ils le désiraient. Et durant son règne, le pays connut la prospérité.

Lorsque son heure vint, elle nomma un jeune homme des cuisines à la tête du royaume, dont la pureté de sa voix n'avait d'égal que son courage.

Un grand merci à…

Justine, Virginie et Serenya pour leur relecture respective et leur soutien constant. Merci de croire en moi.

Barbara pour sa relecture et ses remarques judicieuses.

Aislune pour son formidable travail de correction. S'il reste des fautes dans ce recueil, j'en suis la seule responsable.

Les membres du forum l'Allée des Conteurs pour leurs encouragements et leur bonne humeur.

Ella pour le travail accompli sur la couverture et les illustrations.

Ma famille qui m'encourage dans ma passion.

Enfin, merci à vous, qui tenez ce livre entre vos mains.

Table des matières

La poupée de glace   11

Le secret du pirate   25

Le Kirin   41

Brise et Écume   73

La fille de l'océan   101

Un chant pour la fée   117

Ce second recueil vous a plu ?

Retrouvez l'autrice sur sa page Facebook :

Rose P. Katell

CreateSpace
4900 LaCross Road
North Charleston, SC 29406

D/2018/Rose P. Katell, éditeur.

www.ingramcontent.com/pod-product-compliance
Lightning Source LLC
Chambersburg PA
CBHW051253170626
46809CB00004B/1625